Aboio — Oito contos e uma novela

Aboio — Oito contos e uma novela

João Meirelles Filho

1ª Edição, 2020 · São Paulo

Nhô sabe, a vida vivida é uma só, e vivida ao vivo.

DAMASTOR, *Cachoeira Seca*, 1998

Sumário

9	São Massao
33	Buião
71	Aboio
99	Seu indelegado
109	Indêis
117	Estive ontem com ela
131	Rol de mudança
143	Rebuscada
163	O vigia audaz (novela)

São Massao

Marçalinho em seu dia de ganhar anos, todo pereré. Desadormeceu-se, ele, mais as galinhas. E já trelelava a matraqueação da avó-tia: — Marçalinho, veja lá! Toma tento, moleque. Este ano és tu quem arca com a minha fogueira! Veja lá, jitinho! Dia de berço é mais importantoso!

A avó-tia repisa: — Careço muito de paneiro[1] pra queimar! Desde que me conheci por gente, esta casa é a de maior fogaréu do rio! De primeira, era eu a maioral no lume. Hoje, sem quem pra colher um paneiro é só uma chinfrinzinha...

E lançando o beiçolando: — Aquela-uma ali, ó! É quem lustra troféu...

Ralhava a mais. E Marçalinho, ensimesmado do ingente compromisso — catador de paneiro — se preparava como podia. Em tempo, este, sempre, mês muito do especial, todinho na festa, quadrilha, rojão. O São Joãozinho, o Pedro-Pedra, o Antônio do casório. Deste último é que gostava, santo porreta...

---

[1] Paneiro é como se denominam os cestos para transporte de açaí, mandioca e outros produtos.

Marçal traçava o que viesse, de batel, mingaus, mendoim, alfenins bem apupados, quebra-queixo, sobras de festas, doçaria das tias, arrelias de beijos das primas... Os que não se vendiam — os beijos, os beijus — e ostentava o seu biquinho, amarfanhado, a correição...

Razoava — Bem, pros peixes é que beiju não vai não! Inda mais agora, carecido de ficar forte, o açaí espocando, início de safra. E é, mesmo um parauzinho dá pralguma gastura, tudinho!

Pra Marçalinho, o santo dele, era a festa a mais valorosa — São Marçal! Pra trancar o junho num dia só — de queimação!

A fala ranheta da avó-tia estalava: — Já estás no teu momento, se num for a tal, a fogueira grande, brejeira, é piriri na certa!

Marçalinho, atarantado, reparando na avó-tia, sem atinar se era caçoada aquando danava a rasgar vindicação; banzava: — Melhor se fiar em verdades ditas! Faria tal qual pedia e na mais paz-e-ordem dos santos juninos. Sem o tropelo de sempre, arregaçado, sem apofiar com quem fosse. Na calmice que a data reclamava, hum-hum.

O verão refregado, roçando, as folhas se apoucando, as árvores que gostam de desfilar peladas — a sumaumeira, o pau mulato... Marçalinho nem esperou a avó-tia em sua lenga que, por sinal, decorara desde pequeno, e que esta dizia ser coisa dos antigos mais antigos — *a que he pouquice chorar males alhêos, conformam-se com o tempo*[2] —; e descarreirou, a caçar paneiro em tudo que é loca. Queria ser o maioral nesta carreira dos diabos, ou melhor, correria de seu santo onomástico: — Benção, meu arraiá! Me deixa passá...

O que mais surpresou o menino foi o magote de gente na praça, ali, defronte ao trapiche. Este, o quinto ano que Marçalinho

---

2 Couto, Diogo. *Observações sobre as principaes causas da decadencia dos Portuguezes na Asia: escritas em fórma de dialogo, como titulo de Soldado pratico.* Lisboa: Oficcina da Academia Real de Sciencias, 1790.

catava paneiro. Mas que fazia aquele povo justamente na festa do santo dele, e bem no meio de seu caminho? Pra falar a verdade, em seus quinze anos, Marçalinho nunca vira povinho mais esquisito. Vestiam uns panos enrolados no corpo, bonitos, coloridos, decorados, aquelas mangas grandes, umas sandálias de madeira, altas. Povinho branquelo, cor de tapioca!

Marçalinho bispava ali uma ameaça — Tu te espertas, guri! — cobrava a avó-tia.

Na primeira catação de paneiro perdeu de lavada. Leso por demais, acreditava em um tudo: — Vai prali, maninho, tem gente te esperando... E o pascácio descambava a correr, meia hora pela estrada. Chegando lá, dava com a porta fechada e nada de paneiro, nem pra contar história.

No ano passado, mais escolado, soube se esquivar das peças que lhe pregavam. Porém, a sua agilidade ainda era insuficiente para triunfar. Mais, mais astúcia! Sim, agora, aprestado pra atropelar a gurizada, mesmo o Arlindo e o Baquito. Pra ele, que subia num açaizeiro em poucos segundos, este negócio de paneiro era gincana pra menina, mais fácil que empinar rabiola.

Seu maior adversário e melhor amigo, Arlindo, fustigava-o, maranhento, em desafio, cutucando-lhe o braço com o indicador: — Bora logo ver, bora logo ver, pra mim, tu ficas é na primeira rua, e *nóis* vai é pro igarapé, pro esconderijo de paneiro. É ali que *nóis* guarda... O ano inteiro... Tu num tem chance, mo-le-que!

Marçalinho, duvidador, subiu um vermelhume do pescoço pra cabeça... E cismava, imitando o velho pai, sumido no mundo: — É tanta da conversa fiada. As bondades c'o alheio! Quem-quem? — E ruminava: o jeito é seguir, livrar-se dos dois concorrentes e recolher o maior paneiral do mundo!

Na Rua do Comércio as lojas abriam preguiçosamente as grades, rangendo as suas ferrugens antigas. Hora pra pedir um obséquio, um pelo-amor-de-deus-me-ajude-pela-graça-de-nossa-

-senhora-mãezinha... Algum paneirinho, unzinho? Surrado que seja? E juntava as mãozinhas a precear.

— Passa aqui meia hora, menino...

E assim, grão a grão... Pelo menos, atinou, prometem pra mim! E é! Justo na hora da merenda! Bamburrar mesmo seria topar o famoso depósito de paneiro, o tal falado, esquecido no fundo dalguma venda. Um sonho! Coisa que o Arlindo o açulava, porque ele, Arlindo, até hoje, e com os dois anos na frente do Marçal, nunca encontrara o tal, a loteria?

De modos que, pra este ano, em belas artes de caçar paneiros, Marçalinho já era páreo a qualquer garotão pimpão. Dominava aquele trecho da cidade como poucos. Pudera, desde os sete anos, se não estava trepado num açaizeiro, se abicorava ali, quase desapercebido, vendendo picolé pra ajudar em casa. Depois que a irmã mais velha foi entregue pra uma patroa lá de Belém, aquela que tem loja perto do porto... Foi sim, e pra ele, hum--hum, ainda piorou. Só ele pra fazer de um tudo, a varrição, tomar de conta dos irmãos... A irmã, Naílde, Ná pr'ele: — Ná num voltou mais, mal-agradecida, se esqueceu de *nóis*...

Conhecia demais esta faina de praceiro, acocorado diante do colégio, esperando seus colegas saírem pra comprar um, dois picolés; quando muito, vendia lá os seus cinco... Cinquenta centavos por um de tapioca, trazia pra casa um, dois, três reais no melhor dia. A derretição dos picolés misturando as frutas — mil sabores — pra explicar depois. Pr'ele a aula sempre terminava mais cedo. Prova mesmo, nunca fez, nem sabia direito do que se tratava. De vergonha, nem não, num perguntava não.

Na apanha do açaí a obrigação em casa apertava. Os tios vindicavam e, aí, os quantos favores. Faltava semanas a fio pra atufar paneiro de fruto, pra juntar dinheiro pros tios, a conta pendurada da avó-tia, as dívidas eternas da mãe, no mercadinho, na dona-da-gasolina, na peixaria... Nossa! Se fosse contar...

Via os meninos da mesma idade na gastança do que ganhavam no açaí — a renda só deles! Farra de cerveja, festa de aparelhagem, corrida de rabetinha. As rabetas, cada uma mais colorida, pintosa, ali, na água, brilhando, pintadas a pistola...
Voltava pra merendar, o mergulho no igarapé, mudar de camisa. — Nas vêiz, que num tem que vender chôpe é *nóis* na onda da rabeta, apofiando, subindo no navio pra ganhar roupa, vender banana, pular de árvore o salto imortal, pras mina ver... — explicava, respirando rápido e com aquele sorriso lampejante.

Ele — Massá — o disciplinado! De testemunhas, as perninhas tortas pra relembrar o tanto de palmeira trepada. A cicatriz aqui, ó, na munheca. Terçado vinha voando lá de cima, escapado da mão do colega, justo na cabeça dele. Foi sim, o galho, foi o galho que desviou. O furo no pé, tamanho foi o estrepe de tucum pra se esquivar da caninana. Quando era pra chamar um jitinho pra subir em árvore fina, era ele o escalado.

Marçalinho sempre foi de ensaiar as falas. Não queria ser mal compreendido. Em voz alta, repetia de si pra consigo os bons-dias e as boas-tardes — minha benção! Que mal lhe pergunte, dona, pode-se saber se há algum paneiro velho sem serventio pr'eu levar? É pra São Marçal! Te agradeço muitinho...

A simpatia, o riso franco, os trejeitos de menino-moleque completavam o sabor da súplica, quase sempre atendida ou, ao menos, respondida. De quebra, ainda merendava: unha, feijão, bolinho de aipim, salva-vidas, monteiro lopes, chôpe de taperebá...

De fato, Marçalinho tirava tudo de letra, habituado a carregar as compras das lojas pras casas dos clientes, bem sabia onde as vendas deixavam paneiros. Arreda aqui, menino, tem pr'ali um tanto, aproveita que a patroa tarda a chegar! Tem é paneiro, demais! Gente chique num quer mais paneiro, só sacola, e plástica.

Quem não convivia com Marçalinho poderia até tomá-lo por um desajeitado. Mas que nada, era mais o seu lado faceiro, o galeio no andar, gingado e divertido. Quando era pra irritar a avó-tia, arrastava as sandálias. E cascalhar era com ele, ria que só!

Na formação pro hino ele, o mais alto da classe, sempre o mais velho, dois, três, quatro, cinco anos mais...

Desta vez Marçalinho tava certo que conquistaria o prêmio, aquele pote prendado só seu. Nem seria preciso subir no pau de sebo! Este negócio de pau de sebo não era pr'ele. Açaizeiro, vá lá, mas aquele unto gosmento, escorregando, a quentura no peito...

Estava imbuidíssimo a cumprir o prometido. Era o pote mais a merenda farta que a vó-tia lhe prepararia. Um pratão de caruru adubado, do jeito que mais apreciava. Até salivava ao imaginar a sua recompensa, os camarões graúdos, pulando, a ardosa por cima.

E agora, aquele estorvo! Mas, quando! O povaréu espalhado no chão, e no meio daquilo, uma visagem de tão linda, a menina, de branco, fitando-o com carinho e interesse. Ele estancou. Repensou. Não sabia se prosseguia na caça aos paneiros velhos ou se tentaria conversar com a mina. Ah, se entregou à curiosidade e, pra esclarecer bem, só fez isto pra se inteirar por que aquela gente esquisita tava ali.

Pois sim, Marçalinho intrigadíssimo. Um silêncio quieto como nunca ouvira, nenhum radinho, sem celular, não havia aparelhos de som; as bagagens todas em panos, amarradas, como se fossem trouxas de roupa, em ordem, enfileiradas cuidadosamente! As mochilas, lindas, com bonequinhos coloridos, uma penduricalhada... As bandeirinhas em cada mochila, duas cores, uma bolinha vermelha num fundo branco... Será a bandeira lá deles? Que coisa mais esquisita! Todo mundo de olhinho puxado, igualinho ao japonês da frutaria, lá de Monte Alegre. Ah, sim, devem de ser parentes lá dele, vai ver é uma festa grande pra ter tanto sumano.

    Pra Marçalinho japonês é igual goiano. O mesmo que paraense. Deve ser um estado atrás do outro, porque quando vão, é pro mesmo lado. Vivem é por aí, baldeando de parte a parte.

    Mas a questão era cruzar aquele pessoalinho deitado. Tinha porque tinha que alcançar a outra margem da rua, da Getúlio Vargas. Coçou as duas orelhas, sinal de nervosismo; algo precisaria ser feito... E agora, será que eu volto de mãos vazias, ou dou um jeito de pular este rio de gentes. Resolvido a prosseguir, atravessou, o mais rápido que pôde, e logo no final, sem querer, encostou naquela jovenzinha que o atraía, e ela admirando-o também, olhavam-se com atenção. Assim que chegou pertinho ela lhe fez uma longa reverência, abaixando sua cabecinha até a altura da cintura, na forma de um arco.

A menina sorriu e sorriu, e ele retribuiu-lhe imensos sorrisos latejantes. Que linda, pensou, suspirando, demonstrando imensa simpatia. Mais alta que ele, os panos elegantes, uma pele cor de goma, os olhinhos mínimos... Pura tapioca... Vestia um pano imenso, uma toalha muito grande, maior que a toalha grande de mesa da vó-tia, um fundo branco, uns pássaros vermelhos. Guarás? As asas compridas bordadas, flutuando sobre os galhos floridos do ipê. Ipê branquinho assim? Deve de ser...

Marçalinho imitou seu gesto, mas quase se desequilibrou, afinal levava dois paneiros na mão.

— *Ohayōgozaimasu*. E ela novamente se inclinou, agora bem pertinho dele.

Ele, nervoso, sentiu a respiração tranquila e perfumada da menina e, apontando pro seu próprio peito: — Eu, Marçal, Marçalinho!

A guria se iluminou, cobrindo a cara com um abano muito colorido e, imitando seu gesto, apontou para si: — Naomi. Naomi Harada. E, ao mesmo tempo que juntava o dedão e o fura-bolo, repetia lentamente: — Eu fa-lar Por-tu-gu-ês. Pou-qui-nho! — e derramava um sorriso daqueles lábios cor de açaí branco...

— Quê? — Marçalinho feliz, franziu a testa e fez uma careta pra dizer que compreendera.

A seguir, Naomi apontou pras pessoas ao seu redor e disse: — Japon. Tudo já-po-nêis. Num falar Portuguêis não. — E, novamente, fez lhe uma reverência.

Aí Marçalinho compreendeu. Ah, ela pedia desculpas por falar pouco Português e, ainda, pedia pelos demais que, pelo jeito, não entendem a gente!

Marçalinho, indeciso. Não sabia se seguia na cata de paneiros e cumpria a promessa à avó-tia — traga-me uma pilha de paneiros!; — ou se prosseguia naquela deliciosa conversa com Naomi; papo, aliás, que mal começara?

Preferiu Naomi. Imaginava que, no particular dos paneiros, estaria à frente dos colegas. E, assim, poderia descobrir mais daquele povinho muito do diferente.

Naomi abriu os braços e mostrou a beleza de sua grande toalha: — Qui-mo-no.

Ele repetiu: — Qui-mo-no.

Os pássaros vermelhos bordados estavam ainda mais vivos. Voavam para todos os lados aos movimentos esvoaçantes de seus lindos braços... Naomi apontou para o maior deles e falou: — Tsu-ru!

— Tsuro! Respondeu Marçalinho, que logo retrucou: — Guará! Guá-rá...

E ela repetiu do jeitinho mesmo que ele falou e completou: — Naomi ama Guá-rá-rá!

Marçalinho riu: — Guá-rá! E apontou pra uma loja com a fachada inteirinha pintada. Arte de seu Marcílio, o abridor de letras mais famoso da região. Era o painel de que mais gostava na cidade. Lá estava um bando de guarás ciscando no mangue e outro tanto voando pra buscar um pouso: — Guá-rá!

Marçal puxou Naomi pela mão, aquela pele macia, veludo de ingá, sem calos. Naomi inclinou a cabeça levemente, riu baixinho, escondeu-se atrás do leque e o seguiu, acompanhando seus passos apressados. Iam de porta em porta, Naomi quietinha, repetindo as expressões e trejeitos de Marçal. Encantada com a enormidade de coisas que aprendia — as frutas, os cestos, os peixes secos pendurados. Ah, sim, bem conhecia a secagem do pescado em sua aldeia. Povo da pesca o seu.

Diante de um cesto bem comprido, maior que a maior cobra grande do mundo — Naomi perguntou-lhe: — co-bra?

Marçalinho riu-se que só: — Não, minha nêga, é ti-pi-ti.

— Tipiti? Que bo-ni-to! — Arriscou, arrancando gostosas risadas de Marçalinho.

— Quer ver? Escora aqui pra mim. — E, fazendo largos gestos, deu a parte de cima do tipiti, a extremidade com a alça, pra Naomi segurar: — Força! — Foi lá na frente e segurou a outra ponta — e puxou.

Naomi deu um pulo assustada, arrastada pelo viço de Marçalinho e riu, riu feliz e repetiu diversas vezes: — Ti-pi-ti, tipiti!

— Bora lá, minha nêga! — E puxou de novo Naomi pelas ruas enlameadas de fim de inverno. Naomi queria apanhar uma flor vermelha no jardim daquela loja, uma flor linda como os guarás: — Ah, sim, vindicá, planta boa pra banho. Eu pego pra ti, neguinha! — E repetiu o nome, para que Naomi pudesse aprender. Menina esperta: — Vindicá!

Cortou a flor, ajeitou-a com carinho no cabelo de Naomi, aproveitando o bambuzinho que segurava seus longos fios pretos. Naomi abaixou os olhos, escondendo seu sorriso. Uma imensa paz diluía suas preocupações, nuvens de alegria contaminavam Marçalinho que sorria, igualmente encantado.

Pela primeira vez desde que partiram na longa viagem do Japão, Naomi sentia-se acolhida. Comportava-se como se fosse responsável por todos. O mínimo de Português que aprendera com um menino no navio elegera-a como o contato do grupo com o mundo. E, à risca, cumpria a sua importante missão.

Um novo puxão e Naomi seguia Marçalinho que, entrando na quinta loja, procurava equilibrar pra lá de dez paneiros. Tudo ocorria tão rapidamente, como em um filme, pensou Naomi. Disto Naomi gostava, de filmes de mangá, seriados intermináveis. Heroínas, as mulheres, sempre elas, vencendo os homens em batalhas dilacerantes, contra os robôs criados pelos homens para obrigar as mulheres a trabalharem pros homens...

Exausto, Marçalinho mal dava conta de carregar a pilha, que ameaçava desabar. Naomi tinha lá a sua, um pouco menor, uns seis a oito... Caminhava com passinhos curtos, as meias brancas nas alpercatas azuis já eram um barro só. Mas ela parecia não se importar de tão feliz. Voava sobre as armadilhas da rua, as sujeiras novas e antigas, os lixos espalhados, os cachorros deitados esfregando-se pelo chão.

Pois bem, retornaram à casa da avó-tia e lá está Marçalinho apresentando sua nova amizade, a neguinha Naomi: — Vó-tia, veje só quem eu catei na rua. Tem um monte de parente dela lá na praça!

— É mesmo, Marçalinho, que menina linda! — E voltando-se a ela, com amabilidade e cuidado, fez um gesto de quem queria abraçá-la, admirada da brancura de sua pele e a delicadeza de seus gestos. Sua vontade era perguntar-lhe de um tudo, convidá-la pra passar o dia inteiro. Bem, queria-a ali, a seu lado, ajudando-a nos mil preparatórios da festa de São Marçal.

Mas não, a avó-tia sabia, este grupo que mencionara seu neto-sobrinho deveria ser uma turma pra lá de especial. E Marçalinho, em sua imensa bondade, conseguira pescar esta pérola e ali estava ela, só sorrisos, os pés enlameados, as meias sujas. Naomi, que deixara as sandálias à porta, e já lavara as meias, seguia admirando a casa da avó-tia, o alumínio brilhoso das panelas na parede grande; e, no fogo, o caldeirão recendendo a tucupi. As paredes em cores fortes, os azuis celestiais, os vermelhos encarnados, os amarelos ouro nos alisares da porta; estava embevecida com aquela casa de madeira tão bem asseada

— Um pa-lá-cio! — comentou, feliz. E, de repente, como se lembrasse de algo que deveria ter feito ao chegar, repetiu os mesmos gestos do primeiro encontro com Marçalinho, curvando-se diante da avó-batian: — *Ohayōgozaimasu*!

Só que, desta vez, a cabeça de Naomi se inclinou ainda mais, como se fosse tocar o chão. E inda demorou um tantão até retornar. A Avó-tia, sem saber o que fazer, aguardou Naomi terminar, entendeu sim que seria um cumprimento, algo lá de seu povo. Por fim, Naomi apontou o dedo para si própria e disse:

— Naomi, en-can-ta-da!

Marçalinho derreteu-se todo de orgulho, trazia uma pessoa rara pra sua avó-tia e, certamente, seu conceito subiria. Os paneiros estavam ali, indiferentes, esperando que fossem notados, mas o centro da atenção era Naomi.

— Vó, Naomi é minha neguinha! Posso levar ela pra me ajudar na catação de paneiros? — A avó-tia distribuiu autorizações com os olhos, com as mãos e os beiços fez o sinal que se fossem e buscassem o tanto que acreditassem necessário. — Vai, meu Marçalinho, *seje* feliz!

De fato, com Naomi como companheira, a capacidade de Marçalinho mais que duplicou, pois todos queriam conhecer Naomi, vê-la de perto. A neguinha do Marçalinho, a Marçalinha! Desta vez, ninguém seria páreo pr'ele. De cabeça Marçalinho já contava mais de cento e cinquenta paneiros. O sol ia bem alto e a fome já carpia as forças de Marçal. De repente, ele se vira pra Naomi e, fazendo gestos com a mão indo pra boca, perguntou-lhe: — Tu queres comer, neguinha?

Naomi, apenas com os olhos, disse que sim, escondeu seu sorriso com as mãos na frente da boca e, novamente, Marçalinho a puxou, gargalhando de alegria. Na barraca da Tia Irene, sentaram-se Naomi e Marçalinho. Eram os únicos dois banquinhos de madeira, baixinhos, bom pr'eles que são pequenininhos. Irene, curiosa, pergunta com os beiços a Marçalinho que, igualmente, muxoxa com os seus beiços pra dentro, com ar de felicidade, que ainda estava tentando entender quem era aqueluma, tão surpreendente e arrebatadora, sentada a seu lado: — É minha neguinha! Minha amiga!

— Arrepara não, aqui tudo é de simples, pra mais pra lá de simples. Toma lá teu tacacá, neguinha! — e, com as duas mãos, num gesto compenetrado e polido, Naomi recebeu a cuia fumegante em que boiavam dois imensos camarões e o jambu ondulava como aguapé no lago de margens amarelo-pretas. Naomi fez uma reverência com a cabeça, quase tocando a flor de vindicá na cumbuca e ensaiou um gracejo.

Irene se desmanchou de alegria, retribuiu a surpresa, beiçou mais um pouco em aprovação e deu a cuia a Marçalinho, querelando pra que não vertesse pimenta na cuia da menina: — Num malina com a neguinha não, Marçalinho. Ela é tão branquinha! Uma tapioquinha de bonita! Mina de bom!

Marçalinho moveu a cabeça, fez que não, beijou os dedos indicador e médio, levando-os à boca em forma de promessa, e placidou-se todo pra Tia Irene. — Tou gostando de ver — ela falou com os beiços, os grandes beiços que são dicionários pra cidade toda aprender como se usa a língua daqui.

Naomi percebeu a quentura do tacacá, e cuidou de não se queimar. Quando sorveu um golão e se apercebeu da acidez típica do tucupi, seus olhos se abriram como Marçalinho nunca os vira. E, lentamente, deleitou-se com o caldo até lamber os lábios em regalada satisfação!

Bom, bom! — Naomi repetiu por diversas vezes, balançando a cabeça pra cima e pra baixo, deixando Tia Irene beiçamente feliz.

Mis-so-shi-ro! — pronunciou Naomi pausadamente, apontando pro prato, entre perguntando e afirmando. Marçalinho pescou no ar a dúvida naômica e meneando a cabeça, enquanto apertava os lábios pra dentro, disse: — Na-na-ni-na-não, ta-ca--cá! Tacacá! — Repetiu.

Naomi baixou a cabeça em sinal de respeito e aprendizado e, rindo, copiou-o bem devagar, marcando as sílabas: — Tá-cá-cá!

Marçalinho bateu palmas, aprovando, admirado com o tirocínio de Naomi, sem contar a delicadeza com que tratava as palavras. Feliz, repetiu diversas vezes, batendo palmas: — Muito bem! Muito bem!

Naomi tomou a cuia inteirinha, nem a goma dispensou. Folgou imenso caçando os camarões com o palitinho. Cada sorvida vinha acompanhada daquele barulhinho que tanto divertia como surpreendia Marçalinho. Mesmo assim, Naomi seguia o ritual com sua particular maneira de interpretar o mundo. Por fim, terminou e entregou a cuia vazia a Tia Irene, agradecendo com a cabeça diversas vezes. Tia Irene imitando-a, sacudiu a cabeça e retribuiu o gesto.

Marçalinho ainda disse: — Tia, depois te pago! — Tia Irene olhou-o sem pressa e lhe respondeu: — Carece não, filho, estas são de presente, hoje tu estás de berço, Marçalinho, merece! Inda mais assim, ó, tu tá de par, tua neguinha é linda, uma porcelana! — E fez gestos espalhafatosos com as mãos pra mostrar-se igualmente encantada.

Marçalinho não entendeu, mas achou lindo: — Por-ce-la-na! —, e puxou novamente Naomi pela mão e lhe disse: — Minha neguinha-porcelana! — Marçalinho radiante, a quentura do dia já arrefecia e era hora de retornar pra casa.

Voltaram à praça onde o povo de Naomi todo desperto se organizava em pequenos grupos. Assim que chegaram, a mãe de Naomi correu a seus braços, chorando. Marçalinho se assustou, largou Naomi e tentou compreender o que se passava. Foram breves momentos de tensão, que logo se dissiparam e, aos poucos, gestos e sorrisos convidavam Marçalinho a se aproximar.

Naomi apresentou sua mãe, Sakura, que se curvou longamente, gesto retribuído por Marçalinho. E Naomi fazia as vezes de mestre de cerimônia: — Marçal! — Sakura respondia seu nome e abaixava a cabeça: — Massao!

E assim foram com uns quantos que estavam ali ao redor. Agora era Naomi que puxava Marçalinho pelo braço, ele todo prosa, orgulhoso da sua neguinha-porcelana, até que se recordou de seus paneiros. Marçalinho conseguiu que Naomi compreendesse sua angústia, deveria entregar os paneiros a sua avó-tia imediatamente.

Surpreendeu-se Marçalinho quando foi Naomi a puxá-lo em direção à casa de sua avó-tia. Ele, feliz, corria a seu lado, admirando a sua flor, vindicá, cada vez mais vermelha, cor de guará-tsuru. O sol do fim de tarde iluminava o rosto de Naomi, ressaltando o vindicá, e Marçalinho derretia-se, como os seus sorvetes, por sua primeira paixão, sua neguinha-porcelana.

Ao chegar em casa, Marçalinho foi surpreendido por uma grande festa. Eram os seus amigos concorrentes, todos a abraçá-lo, a sua avó com o pote que ele sonhara, cheio de balas e prendas. Ninguém tinha dúvidas que ele, Marçalinho, vencera o concurso. Na frente da casa, acendia-se a fogueira onde se vertiam os paneiros e se comemorava São Marçal.

Marçalinho pediu um minuto de atenção e disse que queria convidar seus novos amigos e pediu a todos que esperassem um pouquinho. Puxou Naomi pelo braço e correu pra praça, onde os parentes de Naomi aguardavam, pacientes, o desenrolar da história.

Em pouco tempo, chegavam mansa e calmamente, estalando os sapatos de madeira nas pedras da calçada. Uma roupa mais linda que a outra, as aves douradas, esvoaçantes, os castelos prateados, os navios encantados, refletindo o pôr do sol, fazendo seu frufru de tecidos tão bonitos e galantes.

Ao redor da fogueira apresentou-se o grupo de carimbó em que Marçal tocava. E a cada parada, somente quando se fazia silêncio, o povo de Naomi sorria, batia palmas. Enquanto os colegas de Marçalinho gritavam: — São Massao, São Massao, São Massao.

A festa foi longe, até findarem os paneiros, e o mês de junho terminou, acabou-se a história, quem quiser que conte outra...

Buião

(...) E com cautela vive-se bem em toda a parte.[3]

A chuva evinha vindo, ventada, farejando tudo que é oco de pau, os espelhos cobertos, aquela raiama estalava nas árvores altas, tééiiii. Na varanda, depois do terceiro galeio, Buião deixou-se rolar pro chão, carreando suas bem sopesadas dez arrobas. Sair da rede era um suplício cada vez maior. Porém, ele o deslindava de forma bem prática. Atirava-se pra fora da rede. Um colchão, couros bem curtidos de bichos peludos ou alguma manta grossa se incumbiam de amortecer o impacto do corpanzil. Meio cobreando, meio lagarteando, caçava o primeiro esteio da varanda, firmava-se com as duas mãos, e num golpe se ajoelhava. Respirava fundo e seguia firme pra próxima etapa. Em pé, batia a roupa, espanejando a poeira do curral e seguia, uma mão na parede, outra no cajado, até a cozinha. Esta rotina diária o entediava, mas não havia remédio para o peso que ganhara nos últimos anos.

3 Matos, Raimundo José da Cunha. *Itinerário do Rio de Janeiro... a Belém* (1836), pg. 140.

No umbral da cozinha Buião soltou seu vozeirão, gritando: — Tiiiiita, meu café, já! Já! —, seu aparecimento era esperado. Os três empregados expectavam, a postos, amofinados naqueles bancos desgramados. Era o quinto colono que Buião mandava apagar. Nem se interessou pelo destino do corpo. Com uma mão fez sinal ao capataz, pois, que interrompesse a sua narração, dava-se por explicado.

No seu tempo, o de cobrador dos fazendeirões da Belém-Brasília e da PA-150, ele, o feitor, jogava o dito cujo no Tocantins mesmo, ou no Mojú, onde tivesse um rio largo e fundo, embrulhava numas pedras e pronto, fazia como sempre recomendavam. Não carecia gastar gasolina pra queimar o dito.

Respeitar mesmo, só o furo onde nascera, lá pro interior do Marajó. Despistava, não contava onde era, não queria desforra em cima dos seus, ainda que fosse gente distante e de pouca vergonha na cara, de quem ele nem tinha e nem queria notícia. Saber mesmo, ninguém sabia, talvez a Tita... Pelos descritos alguns até arriscavam um especulo sobre o tal do lugar; mas bastava Buião perceber a artimanha do curioso e desembainhava o terçado, vagarosamente, afiava-o na chaira pregada na soleira da porta, espreitando a vítima fundo nos luzeiros, sorrindo marotamente pra ela. Era sinal esclarecido pra se calar, mudar de rumo na prosa, buscar outro trilheiro.

Em roda de conversa, quando insistiam em se inteirar onde nascera e não obrava jeito de pular de assunto, só contava que era do interior do interior do interior, lá pra dentro, no mato, e não podia despertar a Cobra-Neném, gargalhava bem forte e saía dali faiscando. O povo se olhava sem entender e ficava por isto mesmo.

Há décadas Buião arrastava esta perna ferida a bala. De bala de garrucha, daquelas de pederneira, destas caseiras mesmo, soquetadas pela frente, lascado o chumbo a faca. Ainda bem, se assim não fosse, Buião não estaria mais aqui, comentavam. Com o tempo, a coisa se complicara. A dor lancinava na feita que o pé ferido apoiava no chão; maismente, depois de um tempo na rede ou na cama é que sentia a valer. E quando a chuva aparecia no céu era mais que doído, forçava-o a caminhar... Muleta mesmo nunca aceitou. Logrou-se que usasse uma flobézinha de cajado e, com isto, equilibrava a sua carcaça em pé. E gritava: — E tem que tá armada, pra destocaiar bandido...

Buião não se esquecia do ocorrido. Tava a cavalo e uma bala chispou, zuniu fino, passando rente da cabeça, fez que apertou o cavalo e a outra mosqueteou em sua perna, um rombo feio, sangue pra dedéu. Caiu do cavalo, os outros acudiram, nem foram atrás do desinfeliz. Torniquetearam bem pra estancar o sangue e correram pro postinho. Ali tava o Joãozinho-mequetrefe, só, no sem nada fazer lá dele.

Pois foi. Buião sofreu pra valer na mão do homem até ele alcançar o chumbo. Arruinou ali mesmo. Anestesia num tinha. Pra bem da verdade, ali nada havia. Buião só fazia desviar o que recebiam de remédio, atadura, o que fosse, ia lá pra fazenda dele, pra curar bezerro, jumento, a castração dos bichos e, quando em vez, pros baques e achaques da peãozada: — Peão se cura é no mé! —, e balia qual carneiro.

No postinho juntou gente logo, e como! O falatório foi grande. À boca pequena se ouvia, murminhado: — Tá é pagando as roubalheiras lá dele, hum-hum!

Mas as frases não se terminavam, temerosas, uma chiação, abafavam... Ele teve mesmo que buscar socorro ali: —Visse, desfalcou tudo, até armário levou, e agora?

O medo das gentes era mais que justificado. O Buião tinha predilença por matar quem quer que se pusesse em sua frente. O apetite por terra era o motivo maior, o único, visse! Por outras desavenças não se corria perigo. Surpreendentemente, relevava.

Vizinho dele logo que se via atrapado na arapuca, mudava-se, vendia o que fosse na bacia das almas. O sinal pra sair era simples, nas divisas o Buião mandava colocar cruzes, umas com nomes de gente da família do injucundo, outras com nome dos animais de arreio, de leiteria, pralguns era um povoado de cruzes, no meio do caminho, na frente das casas, nas roças...

A malta sem dormir. Havia quem abandonasse o rancho no mesmo dia. Perdia-se de um tudo, levavam o do corpo, alguma coisa do armário do quarto, e só. Tinha vez que ele *inté* socorria. Se chegasse um carro mandado dele nalgum vizinho, e com oito a dez lacaios armados na boleia, era tiro certo. Podiam arrumar os picuás que o Buião queria aquele lugar pra ele, só pra ele. Os ditos até esperavam, até o sol se punhar: — Ô sô, eu quero é jantar em casa. Dona, a muié lá de casa num espera marmanjo com comida fria. Dá teu jeito aí, dona, senão é *nóis* mesmo que vai dá. E a sióra sabe como é que *nóis* ajeita tralha velha...

Os mui corajosos se deram mal. Houve quem buscasse satisfação, mas destes se tem pouco a contar, não passaram nem da manga do curral. O que imprecavam é que a capangada dele forjava acidente com o imolado, corriam chamar o delegado pra registro de boletim. O sumiço era rebuscadamente oficializando, com direito a certidão, descritivo espiolhado, de firma reconhecida. Até notícia em jornal se aviava. Faleceu em trágico acidente ontem o Seu Manoel Vieira, conhecido e amado por todos os paraenses e tocantinenses, tanto de lá, como de cá. A vítima estava em seu veículo quando derrapou e caiu da ponte, despinguelando com sua vida morro abaixo...

Se fosse em Imperatriz ou Paragominas o cortejo era maior, o próprio Buião dava um jeito de pagar uns carpidores. Se Açailândia, pouca gente tinha coragem de ir, de receio que ele fotografasse os presentes. Em Belém o assunto se dissolvia no turbilhão da cidade, só nas colunas sociais, nas pagas. Nem as páginas policiais divulgavam, ele morria com o assunto ali no telefonema pro editor, uma praxe. De medo dele, de seu cesarismo? E, também, porque ligavam ao senador, pra ele convencer os turrões da imprensa. Por isto, o insolitismo dos velórios de morte matada, que não se celebravam em casa, na surdina, a meia porta, era em lugar público mesmo, com direito a coquetel.

Buião raramente perdia tempo em cartório. Os que não cumpriam o prometido, mandava queimar. Se desse muito trabalho conseguia com o senador o cancelamento da licença do cartorário, ia lá, comprava o negócio na baixa. As más línguas sustinham que o sumiço de seu Nicanor, do cartório de Bela Vista, na pescaria no Rio Acará, tinha dedo dele. Nem as praças distantes estavam imunes a sua influição. Dizem que havia combinação lá em Altamira e mesmo na outra ponta, Conceição do Araguaia. Aquele negocião de Altamira, com a firma dos homens, foi dele, é o que dizem, engoliram foi pra lá de dois milhões de hectares. Pra vender pra hidrelétrica, o linhão, os madeireiros... Sopa no mel!

Se não aparecia nas folhas policiais, era *habitué* nas sociais. Recebendo medalhas, comendas e diplomas de toda qualidade de autoridade, judiciário, legislativo... Cidadão ilustre, então, era ele o campeão. Era ele na foto, junto a empresário de fora, presidindo eventos na federação, notável, acolitando políticos em restaurantes, cocorando os funcionários da fiscal... Arroz de festa dos poderosos. A sua secretária em Belém dava sempre um jeito de garantir sua vaga em coquetéis, jantares em homenagem, almoços do Círio... Se preciso, comprava as assistentes.

No aeroporto, parava na vaga do diretor. Homem dos meandros. V.I.P.

Pois, arreparando bem, ele não ficava muito tempo em um lugar. Comprava uma terrinha com o preço lá em baixo, quase sempre empenhada em banco. Instalava lá o seu quartel e passava a confranger os vizinhos, um a um, engordando as cercas, retificando o curso de rios, tapando nascentes... Qual o quê! Caíam como dominó. Quando alcançava uma fartura razoável, chamava um paulista ou paranaense, geralmente os falastrões e metidos a sabidos, e lhes vendia, com escritura passada e porteira fechada. O fulano se achava o maioral e trotava parado, contando vantagem; mas era Buião que sabia o valor das coisas!

O tal adquiridor sobrevoava o lugar, amaciado pela lorota do Buião e, num vapt-vupt, tomava posse do fazendão. O senador referendava, ameigando a barba, fiava seu apoio e... embolsava o seu jabá. A venda sempre sucedia no fim das águas, tudo bem verdinho, o braquiarão de metro pra encobrir as erosões e a tranqueira de paus calcinados da derrubada recente, os açudes estourando de cheios, o curral pintado de piche. Plantava-se cerca nova na frente da pista de pouso, uma casa pré-moldada tinindo pra sede, umas bananeiras e fruteiras já crescidas pro pomar. Expulsava-se a arraia-miúda da colônia, dos retiros, os meeiros, ai de quem! Matava-se os cachorros, retirava-se o gado curraleiro...

Livrava-se a terra de hipotecas, corrigia as escrituras e juntava aquela montoeira de lotinhos, tudo numa só. Bem, caso não houvesse a tal da escritura, que não se apoquentassem! Lavrava-se uma, novinha em folha; e, pra testemunhos, fabricava-se marcos de ferro com cimento nas divisas principais, uma mossa redonda, simples assim. Mesmo se calhasse adentrar em assentamento do governo, seguia-se no mesmo proceder — o emendamento —, como Buião dizia. O pessoal de terra do governo... Pra falar a verdade, nos assentamentos era mais expedito, os funcionários lá do órgão ajudavam, e como! Se alguém reclamasse que se entendessem com o novo dono. Pronto, dali pra frente não era mais com ele.

Joãozinho-mequetrefe, depois de salvar o homem, caiu nas graças de Buião. Forte que só, virou sua sombra. Buião gostava do jeito do mancebo, caladão, respeitoso, composto. Era Joãozinho que mandava recado do Buião, decorava certinho o que se havia a dizer. Liquidava faturas, fechava negócios, pagava as comitivas, botava fogo em vizinho, contratava pistoleiro, e isto quando ele mesmo não dava conta do rogado.

Se Buião fosse aparecer em algum povoado, lá ia Joãozinho--mequetrefe na frente, de batedor, farejando perigos, tocaias. Ordenava que se desligassem os rádios, ventiladores, geladeiras, qualquer trem que zoasse. Televisão, então, não suportava. Joãozinho adquirira estes hábitos do patrão, sabia bem de seu riscado. E quem conhecia Buião e sua gente, corria pra apagar qualquer motorzinho que azoinasse.

Ai de quem falasse ao telefone ou ao celular em sua presença. Sopapo na certa. Teve um que o afrontou porque não conhecia o sistema do Buião e ficou sem a orelha. Moleque com videogame chispava dali, ganhava o mundo. Se Buião visse algum aparelho eletrônico na mão de moleque, tirava o canivete e segredava-lhe:

— Corto o teu pinto se tu não saíres daqui agora, já! — E este *já* vinha berrado, num tom tão grosso e espoletado, e cada vez mais alto, que, ao estrilar o *já*, não havia quem parasse em pé. O mais corajoso desabava num carreirão, murcho, todo mijado.

Assim que entrou no bairro, não houve como evitar a notícia. Na Praça Brasil havia uma televisão atrás da outra, à toda e no mesmo canal, este esculacho — praça pública ocupada pra fins privados, bem-brasil... O vidro aberto da camionete, Joãozinho mandou a vendedora diminuir o volume do rádio. Buião desceu, ajeitou a camisa, fechou alguns botões, saiu com dificuldade se apoiando na flobézinha e se sentou no primeiro banco que encontrou. Nem se deu conta que estava na cidade, sua carabina chamava atenção... Mirou a vendedora de guaraná, aliás, de parar o trânsito, Buião comentava mais o Joãozinho, de propósito, pra ela ouvir. Dirigiu-se a ela, devorando-a com os olhos: — Minha linda índia, sai um triplo aí pro degas aqui, com caracu e dois ovos crus! — Ela o conhecia, nem respondeu, sequer olhou pr'ele, humhumzando baixinho.

Seu desejo era ralhar: — Seu porco leso, fedorento... — Mas conteve-se. Cuidou ficar meio de lado, se alapando, seu corpo, o avental trespassando-o.

A bulha do liquidificador irritava Buião, não conseguia ouvir direito o telejornal. Com um gesto drástico de mão, ordenou: — Linda índia, desliga esta joça!

A resposta veio pronta: — Tenho nome, Jéssyca! — Mesmo assim, atendeu-o. É freguês, paga bem.

Este ano é o segundo defensor da floresta que morre no Rio Tocantins. A Polícia Federal foi acionada pois a morte ocorreu em uma unidade protegida pela União, o Parque das Pedras.

Buião fez outro gesto e a guaranazeira seguiu com o escarcéu da máquina. O insigne freguês atulhou o copo com açúcar, estalando os lábios no primeiro gole. Antes do seguinte, jogou no copo uma garrafa de mandureba que levava no bolso, chacoalhou-o como a misturar o remédio na vitamina, e tomou-o de um gole, sem prazer ou agonia. Após um aceno com a mão, seguiu para o carro. Joãozinho largou uma nota de cinquenta reais, cinco vezes mais que a conta e correu a acudir o chefe.

Desta vez, Buião queria estar a par dos detalhes, o que os jornais e as televisões divulgavam. Mandou comprar o que tivesse na banca. Ordenou Joãozinho grudar os olhos no telejornal, que lhe desse reporte de todos os canais. Espumava, raivoso, silente. Quando ficava assim, sua perna doía ainda mais. Fechou o tempo, não queria conversar. Procurava entender o que dera errado, que ordem sua não fora cumprida: — Como foram descobrir o corpo do gaiato? Justo no mesmo dia? Ali tinha coisa, cagueta é que num falta!

Buião perdera as estribeiras, estava claro. Esbaforido, suava nas mãos. Seu barrigão colossal demorava para se encaixar no volante da traçada. Decidiu, primeiro, conferir o serviço dos *meninos*. Pra se afiançar se estava confirmada a morte do Costelinha e não de outro sujeito. Novamente, Costelinha passara da linha. Imensos dissabores. Buião ia lá, mandava. Seus capangas, os sem-tora, invadiam uma fazenda, do jeitinho de sempre, no tradicional, na manha, de boa. Atochava seu pessoal pra expulsar a gentinha do lugar, tudo na mais santa paz, e pra que? Que diabos ia lá fazer o Costelinha? O que ele ganhava pra atrapalhar o seu negócio? Sabia que com o Costelinha vinha gente do sindicato, da igreja, da ôngue, gravando, anotando tudo, fotografando, filmando... Enxeridos!

Costelinha queria saber de onde o pessoal era, pra onde iria depois de expulso. Enfim, com o Costelinha na cola a vida dele se tornava um fuzuê. A choldra todinha caía na conversa do Costelinha. Ele falava demais, mansinho, doce, só qué-qué--qué. Indenização, direitos e mais direitos, de sei lá que jeito! Ir pra justiça, denunciar na Ônu... Costelinha arrecadava dinheiro na cidade, lá no exterior, mesmo com o populacho, com os parentes deles — das vítimas, ora, ora, ora, e ele é bom, poderia trabalhar pra mim!

Pra Buião, e isto comentava abertamente, o Costelinha atrapalhava sim, mas já tinha lá um lugar preparado pra ele aparecer, uma terra que servia pra boi de piranha, onde punha gente sua, depois esta malta clamava pelo Costelinha, e ele caía certinho na armadilha, tiro e queda. Perdia a terrinha, sim sinhô, mas salvava a fazenda que desejava como sua — vão-se os anéis, ficam os dedos —; e, ao mesmo tempo, Costelinha sentia-se vencedor, com pecha de herói. Mal sabia...

Pra Buião a conversa era outra, Costelinha nem era muito o problema. O busílis era aliciar o juiz da comarca. Juizeco, como Buião se referia ao *traste*, a boca pequena. Antes de acontecer as prováveis catilinárias, as causas que se promoveria de reintegração, de perdas e danos, reclamadas pelos ex-proprietários, como o Buião gostava de tratar os que expulsava, ia lá Buião molhar as mãos do togado. Juiz que se preze é fazendeiro, dono de suas reses selecionadas. Umas cabeceiras a mais, mal não fariam, pensava e praticava Buião na sua matemática da sedução. Só gado de ponta, P.O. Se precisasse de dinheiro, também dava seu jeito, não se apertava pra nada. E se for desembargador, então, mais fácil ainda, um cavalo bom, uísque caro, viagem de intercâmbio pros filhos... Os magistrados caíam na cilada, se enrolavam, e Buião fazia deles gato-sapato, comiam na mão do homem, mansinhos de dar gosto.

Mas o que é que foi acontecer naquela noite? Batia-se Buião, juntando as frações de tantos relatos que coletara nos últimos dois dias. Costelinha lá no ritmo dele. Buião já havia invadido e expulsado os medrosos. Mas tinha juiz novo no pedaço, de fora, e este foi logo ao ponto, identificou o movimento dos rábulas trabalhando pra Buião. Voltar pra terra, isto não, ninguém arriscava. O advogado dos ofendidos ia lá, protocolava, o juiz logo despachava algo sem muito sentido. Protelava, exigia perícias, mandava juntar testemunhas, provas, marcava depoimentos espaçados, ocupando a agenda de meses, e aí o processo ia correndo, ou melhor, seguia paralisado, sempre favorecendo Buião.

Ao cabo de meses, anos e mesmo décadas engrolando as vítimas, o juiz amigo remetia o caso a outra comarca, ou tomava alguma decisão procrastinatória. No mais das vezes dizia que não era de sua competência e, sempre que lograva, arquivava por insuficiência de provas. Uma frustração enorme aos agora sem-terra, empobrecidos e desesperados.

Buião, de butuca, se precisasse, engambelava também o corregedor ou até mexeria seus pauzinhos lá com a desembargadorama, como costumava falar. Era mestre no tipo de conversa que deveria levar com este ou aquele. Treinava os trejeitos, os palavreados que os magistrados valorizavam, os salamaleques, os tratamentos que estes tanto apreciam — as vossas excelências e sumidades a mais não poder e, pronto, ganhava a causa ou pelos tantos anos passados, solicitava a usucapião e, rapidamente, o obtinha.

Baixava logo no cartório, arrumava bem a papelada. Não carecia de muito tempo pra fechar uma boa venda. Bastava um a três anos pros cartórios emitirem tudo nos conformes. Cada certidão bonita que só vendo. Aí, sim, eram elas... Daí que a justiça se mostraria pura embromação, a sua ineficiência a favor dele. Paulista trouxa pra comprar terra dele é que não faltava...

No depois, em saindo a sentença, se não fosse das boas, Buião recorreria. Até lá, o juiz já estaria noutra comarca e, ou o assunto ia para outro juiz, coisa facinha de resolver, ou tinha que tratar noutra instância, um novo bestunto a engarapar. Mas, sabia, se houvesse o despacho de algum desembargador amigo ou um antigo membro do superior tribunal, aí sim, a coisa era bem resolvida, no papo. No judiciário Buião nadava de braçada.

Costelinha sempre intrigado, mordido que só, nunca compreendera a matreirice de Buião. Pra falar a verdade, acho que só uma vez uma juíza, e mais por pena do Costelinha, é que lapou uma sentença contra Buião. Quando era juiz bem combinado, que jogava truco com Buião, aí sim, ficava aquele baile de despistamento, fazendo crer ao Costelinha e aos seus que o negócio se resolveria logo. Era tramoia do Buião pra enrolar o Costelinha, pra ele perder tempo, dinheiro, visitar o Fórum em diversas cidades, inúmeras vezes. Buião gostava de derrengar o oponente, ardilosia lá dele.

Costelinha também possuía os seus protetores, os deputados e os prefeitos que comungavam na mesma fé, buscando fazer justiça, mas este povo sério não levava jeito, pois pro lado deles a justiça dificilmente pendia. Como Buião sempre dizia: — Juiz que se faz de difícil, quer é valorizar o passe.

Contam, e isto é o que a plebe espalha por aí, que o Buião se repimpou foi muito no interior do Pará, como no Tocantins e Maranhão. Ali juiz não parava, promotor pedia logo pra ir pra tal da capital. E, falam, até, que o Buião fazia escola, exportava a sua sabedoria pra outros maraus.

Buião não podia ver uma escola em pé, mandava logo queimar. Esperava o fim do ano letivo, punha seus meganhas abicorados no entorno e na festa de despedida era aquele lumaréu, um pipoco só. Téin, téin, bum, bum... As más línguas comentam que ele não passara da segunda série, ou foi da primeira? Pois é, ninguém sabe e, pra dizer a verdade, que diferença faz?

Demonstrava, em caretas horrendas, como era penoso compreender a professora. Dizia que ela falava rápido demais. Nem conseguia tomar nota, queixava-se, sempre incomodado com este seu ronceirismo. Pra falar a verdade, assim dizem, sabe ler um pouco, mas sequer sabia escrever direito...

Junto à manchete sobre Costelinha havia outra, igualmente soletrada em letras garrafais. Duas escolas queimadas em Bujaru. Pois uma delas fazia divisa com Buião, era mesmo até uma eira, uma franjica de nada, umas poucas tarefas, que um outro fulano doara pra prefeitura construir uma escolinha. E, só pra não entregar de mão beijada ao Buião, correu pra doar ao município, evitando que este formasse aquele quadro que valorizaria por demais seu fazendão.

Buião se atucanava mesmo era com a quadra da escola — justo ali, ao lado de seu canil, soltando seus molossos afogueadíssimos. A matéria contava tudo, sem peias. Morre o menino mordido de cão. E dizia que a criança que desaparecera na última pelada na escola fora encontrada em estado lastimável num terreno do Buião. Todos pensavam que se tratava dos cães, mas havia marcas de chicote e de bala.

Esta notícia desmantelou Buião. O assunto não deveria ter vazado. Era problema dele e do enxerido do moleque que ousou jogar a bola ali, justo ali. Pensava e repensava, mentalizava a atitude a tomar com os dois capangas seus. Por dez vezes levou a mão ao coldre, contou as balas na guaiaca. Abriu o canhão, e confirmou se todos os canos estavam preenchidos. Aquele berro era infalível, nunca o deixara na mão. Buião confidente, armado se sentia seguro.

O que mais o desacorçoava era por que diabos o Costelinha se metera em sua vida? Já não bastava ser filho daquela tia ingrata que nunca lhe dera um presente enquanto, no aniversário do filho, o Costelinha, era aquela fartura, uma festança com direito a brigadeiro e alfenins e, no barraco de sua família, grassava era o ronco da fome. Ninguém sabia do parentesco deles, só os dois. Se desafiavam, mas não tomavam a iniciativa derradeira.

Buião já alcançava a divisa da fazenda da tia, bem largada, por sinal. Mas, quando! Se fosse minha! Mas aquele menino não se enjeitava, só queria encrenca. Daí pra virar inimigo foi um átimo: — Por que o Costelinha, fazendeiro igual *nóis*, se mete com a gente, *nóis* que cria emprego, *nóis* que semos a riqueza deste país? Por que ele não, é... Distribui primeiro as terras da família dele pro povo? Vou é mandar os magotes de gente que eu desalojar lá pras terras dele! Do finado Costelinha, ele foi, deu sempre uma de santo. Humm, em casa era pecador!

Principalmente os Vilela, os Ferreira, os Barreto, a portuguesada entojada, os carcamanos todos, safados! Tu te alembras do Barretão? Nem queriam ouvir falar no nome do fulaninho e naquele sotaque carregado: — Cós-te-li-nha, te quebro em pedaço, te empalo e te asso no espeto! Repetia o Barretão, puxando o coro dos Vilela, dos Brito, um magote deles.

Buião saiu do aceiro, retornou pra estrada. Revivia os fatos, a cena que o desmascarou. Quando na delegacia, o tipinho que andava com ele confessou de um tudo: — Cagão!

Disse que Buião berrava, que tava farto de tanta notícia ruim, e que... que... rádio cospe muito, algo assim.

Quem o conhecia bem sabia, pra ele, dirigir era terapia. Nem percebia direito o que era a tal da terapia, mas achou conveniente, gostava da explicação, aceitavam facinho. Onde tá fulano? Ah, tá fazendo terapia. Pronto, ninguém nem perguntava, nem onde, nem por quê.

Conduzia satisfeito, trilhava a divisa dele com a do Costelinha. Do lado do Buião o acero é largo, igualinho pista de pouso, murundum pra água descansar o seu viço: — A mode não arreganhar a terra!

Até ninho pra coruja e pra arara Buião aprestava. Caprichoso na passarinhagem; ah, quando se tratava da bicharada... Eras, e o azulão, e o curió: — Curió é coisa de macho forte!

Do outro lado da cerca, só quiçaça. Ao parar na cancela dois tiros estampiram. Não atinou de onde partiam, um deles acertou o seu barrigão no justo momento que largava o carro. Ali mesmo caiu. Com imensa dor tentou se levantar. As pernas bambolearam e desmoronou de vez. As vistas se turvaram, e daí... Não se recorda de mais nada.

A sua sorte é que o Carlão, o feitor, vinha da sede, portando a boia do vigia. Carlão logo percebeu a emboscada. A guarita estava vazia e não deu pra constatar se era traição do menino ou ele também fora baleado. Moleque vivo, valente, mas forasteiro, sem família na praça. Onde estava o energúmeno? Executado? Ali? Em outro lugar?

Buião se contorcia de dor, pálido, rastejava, suor e poeira, sangue... Carlão mais o Rubão arrastaram-no até o banco de trás da quatro-por-quatro do Carlão e chisparam pra cidade. O outro, o que contou tudo pra polícia, sem saber o que fazer, aguardou muito tempo pra se dar conta que algo se passara. A porteira ficou aberta, a camionete do patrão ligada. Se alguém chegasse ali, nada compreenderia.

O hospital em petição de miséria, tal qual o postinho. Carlão cochichou ao Jâime, que cuidava do hospital, da portaria da prefeitura e do necrotério: — Pudera, o patrão desvia tudo que vem praqui! E agora, tem que matar o jacaré no beliscão.

Apareceu o Dr. Rui pra salvar a situação, analisou a gravidade da ferida e resolveu, ali mesmo na enfermaria, prosseguir à operação. Chamou o enfermeiro, que serviu de anestesista e assistente, chispou com a turba que se amontoava na sala de espera. Cerrou a porta do hospital, designou Carlão e Rubão pra atalaiarem o prédio.

Trouxe o que foi capaz de juntar, instrumentos e apetrechos, lavou-os no tanque, com sabão em pó, o único esterilizante que havia e iniciou os procedimentos. Anestesiou do jeito que pôde. Abriu a barriga do homem. Dr. Rui acertou, a bala passou raspando aqui e ali e... Nada de grave... Só a gordura fedorenta do Buião que fora atingida.

Carlão especulava, vigilante. Como é que o assassino sabia que Buião passaria por ali? E a esta hora? Nada concluiu, ficou nisto. O povo murmurinhava sobre a tentativa de assassinato. O sucedido foi abafado e na delegacia nada se escreveu. Sequer um policial a tomar depoimento, investigar, nadinha.

A recuperação foi dolorosa. Bem uns dois meses, se contada a infecção braba que o hospital lhe presenteou: — Bicheira da graúda, nem creolina cura! —, comentava Buião aos raros visitantes que ousavam vê-lo. De medo, decerto, evitavam constatar o estado de Buião: — O couro é forte, curtido, é couro de búfalo! —, proclamava, levantando a voz a mostrar-se em franco recobro.

Mas o caso do Costelinha tomava rumo distinto, galgava mais espaço na boca da rua. A maioria havia pra ela que Buião estivesse envolvido, que a tentativa de matá-lo seria uma desforra. Pra entornar o caldo de vez, apareceu morto um rapaz da cidade que visitava uma propriedade vizinha à do Buião. Matado a tiro, a queima roupa: — Pau-pau-pau...

De novo, um ambientalista! Indócil, Buião sabia que isto atrairia atenção ao seu caso, até agora abafado. Dizem que confundiram um primo do Costelinha, que agora estava no lugar dele, com o rapaz que tava ali pra fazer qualquer coisa do tipo vender adubo, análise de solo, estes engenheiros novatos metidos a besta, sabichões, de computador e celular novo.

— E se deu mal! — temperava Buião — Por que é que foi morrer justo na minha freguesia?

O tal agrônomo era afilhado do Dr. Catingoso, e a dúvida pairou tanto pro lado dos acólitos do Costelinha como dos do Buião. Buião já mandava os seus prepararem a tocaia pra qualquer ataque. Que vigiassem os costumes daquela gente.

O senador do Buião conseguiu manter a polícia ocupada com a morte do Costelinha. Pudera, o deputado do Costelinha era muito fraco. Não sabia bater na mesa, fazer teatro, rugir grosso, ameaçar, mandar recado: — Homem fino, educado demais —, vociferava Buião.

De maneiras que o segundo senador, que se amasiava com os dois lados, resolveu apaziguar. É que os negócios dele estavam sendo atingidos por este bafafá. A imprensa toda curiosa, por demais perguntas, praquelas bandas sempre esquecidas: — Tá demais, é polícia rodoviária na estrada, é madeira apreendida em pleno dia, é carvão pagando imposto, boi pagando imposto, onde já se viu isto? Em que tempo estamos? É prejuízo pra *nóis*, fazendeiros, pros político amigo, demais, demais, demais! —, protestava...

Deu certo! Buião aceitou a trégua porque fez também as suas contas, mas advertiu o tal senador mequetrefe. É só por um tempo, compadre senador. É a lei da bala. Aquieta por um tempo, depois, só o Jesus que sabe o ladrão que vai salvar...

Pois não foi? Esqueceu-se o assunto, menos Buião. A sua cicatriz e a dor na barriga quando armava chover recordavam-no da corja do Costelinha. Buião matutando em que comarca iria encruar das suas chicanas. Apurava que juiz era mais molenga, mais prestimoso, atencioso com ele. Bem, a fama dele o antecedia, e quando vinha assanhado algum rábula já sabia...
Com a juíza Benedita não tinha paciência. Toda vez que ia lá, ela exigia uma tal de verba-toucador. E a juíza ainda o ameaçava: — Veja lá, seu Buião, se tu não me arrumares esta verba vou te mandar pentear macaco! — Buião fazia-se de desentendido, engolia seco e, pra não levar desaforo pra casa, deixou de visitar a desavergonhada:
— Que diacho de verba é esta, Rubão? E pra que pôr macaco no meio? — perquiria, batendo a porta quando regressava ao carro. Este franzia a testa, encasulava o pescoço nos ombros e se fazia de desconhecedor. Pra que cutucar a onça com zagaia curta?
— Como o Reis, juiz bão, bão demais, visgoso e serelepe, mas bão! O que me aborrece é o tanto de gente enxameando em volta dele. Parece mosca enchouriçando o juiz. Pra que tanta gente pra servir o homem? Tem o garção do juiz, o motorista do juiz,

o estafeta do juiz, o secretário, a moça da copa! O abre-portas... Gente demais! E sentença que é bom, nada. É o Reis do rolo — brincava Buião e seguia:

— Mas o Reis é bão no guatambu, justiça *seje* feita, protelou aquele assunto de Rio Maria por quantos anos mesmo? Ah, e, depois, a tal da causa se caducou toda... A família da vítima sumiu, não havia mais ninguém pra testemunhar. Parece que o único sobrevivente se despirocou — e ria desbragadamente.

Pra Buião, o pior dos mundos seria ter que se sentar no banco de réus, na frente do juiz, ali, composto, carão de inocência. Ouvir a lengalenga da denúncia do promotor, o desfile de mortes, ameaças, tiroteios, da quantidade de gente que destelhou, escorraçou, currou, queimou, chutou, fez sumir...

Não guardava os nomes, seria difícil afirmar se este era vítima sua ou não, só se fosse olho no olho e, neste caso, sabia fazer limpeza e tirar da frente qualquer perigo. Tinha ciência que se um juiz o agarrasse em suas teias, da prisão jamais sairia. Daí que era mais fácil e, diga-se de passagem, mais barato, comprar político, procurador, delegado, juiz, guarda, quem fosse de fato e de direito. Dinheiro tinha. Adiantava do frigorífico, descontava uma duplicata. Sempre deu certo. E pra calar político bastava mandar uma prostituta tirar foto do lado dele e contar lorota pra mulher do fulano...

E esnobava pra quem fosse pagar. Aqui comigo é quéxí! Não sabia direito, mas era pra ser em dinheiro — qué-xí. Achava por demais de poderoso quando chegava e dizia: Aqui comigo é quéxi! Levantava os ombros como se a responder: — Não me importo, dinheiro é dinheiro, babau!

Buião sempre armado, ainda mais depois do atentado e da morte do rapazola. Será que se safaria do próximo? E, cada vez mais, demorava-se nos pensamentos pra descobrir como se proteger melhor. Bem, Buião se recuperou rapidamente com o *caldo grosso* que a velha Tita lhe trazia.

Tita fora arrancada de sua casa bem novinha pelo Buião. Ela teria uns dez anos menos que ele. O pai de Tita a trocou por umas dívidas com o pai de Buião, só que Buião não contou pro seu pai que ficara com o dinheiro e a moça, e antes deste tomar tento escapuliu do pai.

Buião a trouxe de prêmio do Marajó, sua única ligação com a sua terra natal. Por muitos anos foi aquela vida incerta, Buião carregando-a de parte a parte, ameaçando-a diariamente, mudando-se de casa todo o tempo, fugindo como o diabo foge da cruz. Tita, sempre apavorada, sem saber se virar sozinha, rendia-se a seus caprichos. Depois, Buião acalmou um pouco. Encontrou esta grota, montou a sua casa. Tita tinha seu quartinho, mas ali teve que servir muito homem, deitar-se com eles mesmo de dia.

Agora, pra lá dos sessenta, Buião se continha e não mais a entregava pros convidados, afilhados e compradores de gado.

Havia uma convivência tolerável entre eles. Mais que tudo, Tita o temia, seus arroubos, sua violência infindável.

Em sua convalescença Buião bufava, intrigado, como é que o tal do caldo o fazia melhorar tão rapidamente? Apertada nos dois braços por suas grossas mãos que jamais perderam a força, Tita, desenxabida, sempre se esquivava e retrucava: — É caldinho à toa. Um nadinha, coisa lá do Marajó, tu sabes, de jitinha aprendi. É pra ter só tucupi com ervas, erva pouca, ali do quintal mesmo, nem mais nadinha, não...

Buião gostou do que tomou. E logo vislumbrou mais uma oportunidade de ganhar dinheiro em cima do pitéu da cozinheira. Uma fábrica pra vender a tal sopa em vidros, latas, nas farmácias, marmita reforçada. Pra recuperar a velharada que havia no mundo, os adoentados, os fracos e as crianças, os baleados como ele e os fugidos! Até já tinha um nome pro tal produto: — Tucupi-da-Tita.

Ela nem queria ouvir falar em tamanha imiscuição em sua vida. De maneira alguma, muxoxava de si pra consigo. Receita secreta. Morreria com ela. Ninguém sabe, não conto mesmo, muito menos pr'ele, o monstro, jamais! Pensava, silente.

Quando Buião encasquetava com algo, era difícil demovê-lo da parada. O jeito era fazer com que ele se esquecesse do assunto. Uma tarde, cansado de abordar Tita, resolveu ameaçá-la e esgoelá-la. No corredor grande da casa, encurralou-a. Ela, com a bandeja, ele se postando em sua frente. Apertou firme seu pescoço, ela soltou a bandeja, os copos caíram, quebraram-se, os dois descalços, imóveis pra não pisar nos cacos: — Conta, Tita, conta, senão te mato! — Buião não media as palavras. Gritava com tal força e com um bafo tão nojento, que Tita estava a ponto de entregar as contas.

Buião tirou do bolso o seu canivete de picar fumo e castrar bacorinho, abriu-o com uma só mão e encostou sua ponta no pescoço de Tita. Ela, bravamente firme, calada. Mas, quase desfalecendo, derramou uma pequena parte da receita.

Buião, desconfiado, exigiu que ela fosse imediatamente à cozinha pra mostrar como se fazia o caldo. A Nilma, a faxineira, veio limpar os cacos pra abrir o caminho e Tita correu pro seu quarto chorando. Sentia-se humilhada, desprotegida. Desde que fora arrancada de sua casa em Breves, pela primeira vez considerava seriamente uma fuga, acontecesse o que acontecesse.

Aos poucos se acalmou, e se recordou do furo onde morava, o casquinho em que ia pra escola, remando, reparando os botos, os peixinhos... Mas, quando? Quem vai se lembrar de mim, cinquenta anos depois? Todo mundo que me conhecia morreu; os outros nem sabem direito que eu existi! Aos poucos se conformou e, recuperando suas forças, se dirigiu à cozinha.

No momento em que se viu sozinha, retirou de dentro do vestido aquele saquinho de ervas secas que guardava havia anos e o misturou ao tucupi que borbulhava cheiroso. Tita concentrada no caldo, cantarolava algo de sua infância, o que despertou em Buião um sentimento antigo e olvidado. Estava até a ponto de perdoar Tita e pedir-lhe alguma desculpa, mas como ficaria frente aos demais? E, Tita, certamente perderia o respeito que ainda tinha por ele...

Buião investiu, gritando lá do corredor, a caminho da cozinha. Estava falastrão, alegre, a música o desgarrara do carrancudismo. Escorou os braços pesados sobre os frágeis ombros de Tita e tascou-lhe um beijo estalado na bochecha. Ela rapidamente afastou seu rosto, encolhendo os ombros, desvencilhando-se de seu carrasco. Acocorou-se naquela parte quente do fogão a lenha, onde Buião jamais a alcançaria. Dali, quieta, apontou com os beiços a poção que preparava. Buião, manso, fitou-a longamente. Considerou, finalmente, que não havia que se adesculpar. Que ela aceitasse o seu jeito bronco, sempre foi assim... E dando fim a seu pensamento, assentou que, com o tempo, ela o perdoaria.

Ao cabo de uma hora o tal caldo estava pronto. À mesa, Buião convidou os empregados que estavam por perto, Rubão, Carlão e outros dois peões, os novatos. Estes, desacostumados ao convite, sentaram-se meio de banda, encalistrados. O caldo veio, fumegante, numa tina de prata. Havia beijus a guarnecer, mais alguns bolinhos salgados — famosos os bolinhos da Tita! O silêncio imperava, ouvia-se o sorvimento espalhafatoso e envergonhado e os sinais de gáudia satisfação.

Só Buião falava, exaltava as muitas propriedades do tucupi, pra cura de ressaca, proclamava os dotes culinários da sua Tita. Sua, sua! Esta, de tempos em tempos, olhava-o torto, sem sorrir, frechando as bobageiras que soltava. Os outros aprovavam, riam por medo e vassalagem. Buião nem terminou seu caldo e teve que correr ao banheiro. Ele não aguentou a força das ervas e desmanchou ali mesmo, na entrada de seu quarto. Com os demais não foi diferente. Almir pulou pela janela, pra não deixar uma lembrança na sala, Rubão se jogou pra fora e obrou na porta da casa. Carlão, pobre dele...

Sem emoção, Tita fitava a cena. Não se tratava de vingança. Apenas saiu-lhe diferente a receita. Ao ser novamente forçada a falar, disse a Buião: Os ingredientes eram os mesmos, patrão! Acho que foi a minha mão que errou. Nada mais acrescentou. Buião também se fechou em copas e gritou lá da sua rede: É muita aporrinhação! Vamos largar este negócio de caldo.

No dia seguinte Almir foi encarregado de levar Tita até a beira da estrada. Buião fechou a cara, decidiu que não a queria mais por perto. Ela nada perguntou, nem disse adeus. Foram cinquenta e cinco anos ali, servindo àquele... Não se viram mais. Buião não lhe deu um tostão.

Difícil chegar a Breves, pouco dinheiro, excessivos favores. Quem a acolheu foi um sobrinho, Tiago, o único que certamente a reconheceria. Tiago uma vez, e isto fora há uns trinta anos, procurou-a, conhecia o Buião e confirmou que este levara a titia, a Tita. Pra sua sorte, Tiago trabalhava pr'uma defensora pública: — Mulher de coragem, pra enfrentar o tanto de pedofilia aqui na rota das barcaças, só ela, senhora minha tia! — disse ele.

Tita demorou um bocado de dias pra se desanuviar do tanto de sofrimento que as garras de Buião lhe infringiram: — É perrengue demais, senhora minha tia! — Tiago, compungido, repetia a cada novo relato e seguia: — E estas mortes, estas malinidades todas?

A procuradora, nem se fale, chocadíssima com tamanha bruteza, expediu, por dias a fio, um calhamaço de notificações e iniciais à polícia, à justiça, a cartórios, secretarias da fazenda e o escambau. No principal, para a polícia o relato de seu rapto e escravização; e ao fórum trabalhista, imputando Buião por jamais pagar a Tita um *vinté*m que fosse neste meio século: — Danada da procuradora, tenho orgulho dela... — Tiago, jubiloso, apreciava a assertividade de sua chefe.

O delegado logo ligou pro senador e a novidade bateu lá no curral de Buião. No dia seguinte ele descia de avião em Breves. Vinham mais seus dois capangas, Carlão e Rubão. Almir ficara em casa. Como a procuradora já pressagiara tal movimentação, avisou a federal que apareceria um avião irregular, assim assado, com pistoleiros fortemente armados etc. e tal.

Batata! Buião, bufando que só, naquele corpanzil desengonçado, desceu do avião e pronto, foi algemado ali, na pista, cara no asfalto quente, pegajoso cheirando a gasolina de aviação. Carlão sacou a arma, nem deu tempo, morreu baleado pela federal. Rubão levantou as mãos e se entregou, as calças borradas. Tita há dias se escondia pro rumo de Afuá, em casa de parente que voltou a ver. Só seu sobrinho é que sabia ao certo o seu paradeiro. E, mesmo assim, não tinha certeza onde ela poderia estar por estes dias.

Foi nesta navegação atropelada de subir numa rabeta, depois passar pra outra e mais outra que Tita foi se reconhecendo novamente em sua plena caboquice, alma marajoara, mais resistente que um acapu em beira d'água. Tita reviveu seus sonhos de menina, seus anseios mais distantes, agora protegida e respeitada. Pra lá, pro interior, demorou bem umas duas semanas compridas de tão boas... Ganhou peso e sorrisos, vontade de viver.

De quebra, conversa vem, conversa vai, descobriu de onde vinha o Buião e o crime primeiro dele que o fizera fugir e roubá-la. De uma parente sua, que também era meio cunhada dele, a recordação daquele moleque da pá virada, que matou o irmão e ganhou o mundo. Tita tinha uma foto do monstro numa página de jornal, como agora se referia a Buião. Reconheceram ligeirinho, a marca de nascença no rosto do bofe, o que não deixava dúvida diante de seus feitos.

O avião fora comprado de forma irregular nos Estados Unidos e ainda tinha aquela carga não declarada. As armas, sem numeração, logo apreendidas. Como a federal sabia das costas quentes de Buião, nem bem saiu de seu avião, este seguiu escoltado na aeronave da federal, rumando pra Belém. Dele se sabe que continua preso. Sua vida é responder processo atrás de processo nos fóruns de onde mandou matar seus colonos — Araguaína, Rio Maria, Breu Branco, bom, esta lista é longa. Por conta da causa trabalhista, Tita ficou com a fazenda e o que tinha dentro, porteira fechada, mesmo assim, foram muitos anos pra justiça ser feita. Nem a trabalhista parece andar... O dinheiro do banco serviu pra pagar os outros empregados que, como ela, nunca haviam visto a cor da bufunfa.

A fazenda é famosa, o maior mandiocal do mundo. Dali sai o célebre Tucupi-da-Tita, servido em hospitais públicos de todo o Brasil. Tita cobra o preço só pra pagar as despesas. A novidade é que as prisões do Pará também passaram a comprar o produto. E tem gente que comenta — vingança é um prato que se come quente...

Aboio

> *Quem tirasse por solfa esses improvisos musicais,*
> *soltos à brisa vespertina, houvera composto*
> *o mais sublime dos hinos à saudade.*
> ALENCAR, José de. *O Sertanejo.*

— É o tempo dela! Evém, espaventa desbrenhada! É só arreparar a zoeira das quenquéns pro nhô saber se evém *mêmo*. Rapa-rapa! Chulapa, e vem ensarobada... Nuvem zune, desponta encarreirada na cavalgada lá dela. Pica. E, em pé, no arreio seco, acangalhado, o domador, o peão, o fábrica... boqueja. Trovão passa é um por debaixo de perna do cavalo... solertando...

Se saracotear... Firma as rédeas, esbarra! O barroso piafêia, bufa — me olha e se afirma no santantônio. Seus braços gingam, ligeiros se aprochegam em... As nuvens... Pra um perto mais daqui.

Ah, alvitro-te, este — o Denaldo —, quem mo conduz pel'outeiros em fora. Duas horas na afasia do carreadouro, encafuando o marrentismo. O vaqueiro calejado só na espreita, o sinal pra palestrar, como se fosse o vezeiro do gado... No de repente, o cavalgador desatrela o vozeirão. Arreda. Aberto. Ele, o condutor, em serviço; eu, o *inorante* cliente, de a passeio. De férias no planeta, como bem queria a Judith Cortesão!

— Êita! Me *alicença*, sinhô doutô!

— Toda! Meu mestre. Doutô *sô* não, mas se lhe apraz...

— Pro sinhô ver, arrepare bem. É vento grande, a morrinha. Criadeira... Uma escuridez só! Quando tá pra nuvoso assim, ó. *Inté* palanque fino lança longe, dizem que é, nhôr. Coisinha-à--tôa aqui num *subriveve* em pé, não sinhô! Da estrada... Tá vendo aqueluma lá? A sinaleira? Foi prali, ó! Se espatifou no tufão, na gazopa dele-um! Virou foi é mondongo... Tempo dela, doutô, só vendo, sô! Te adesmonte pra bem de *ocê*...

E assim foi, a mão firmada, rédea e cabrestos na trela, curtos, barbicacho apertado, a esperar o tropel de nuvens azafamadas. Um descarrego de trovão; e, pingo, só uns, gordos, contados... Lembrei-me da Coralina, Evém Boiada... Denaldo, sestroso, aponta com os beiços o tanto que o vento carregou a placa. Entrementes, regressamos ao trilheiro, nós no trote picadinho, elas, as nuvens, no galopeio desferrado.

Foi, sim. Ladeamos aquele ranchinho tão alegre, as flores carcomidas do sol, a cada qual um colorido perfumado, uma borboleteação grande, as não-me-esqueças a mode cercadinho, a criação puxa o hino, cacarejo, balido, orneio... Coró-coró voa pra depois do mundo. Até dissertei o meu parecer.

— Mestre! O mimo! E é, todo jardim carece de quintal caipira!

Ele anuiu com a cabeça e continuou a tratar das embusteirices do vento.

— Dali, arrepara bem, *óia* como ela trepa no morro grande. Seu doutô... Elinha só, na tucurice dela, arrompe caminho. Num lufo *aderruba* mato, desconformeia, sulca picada! Êita...

No mais, o comum dos caminhos geraleiros, os Denaldos abrenham Brasis... Desertamos aquele sinal de gente, olhei-o, roborando confiança, admiração. Percebi que restou do sinal de gente mesmo, foi, só aquela... A velha placa enferrujada, tava areada do crivo das balas. Se lia qualquer coisa. Bem, pra falar a verdade... Mais que difícil de decifrar:

— Se... Serra da... do... A... Ab... ah, aboio...

— Hum-hum, sim sinhô-doutô! Serra do Aboio, sem tirar nem pôr! — consentiu meu companheiro de jornada, meneando a cabeça. O aceno de chapéu foi é pra agradecer a esparramação delas, das nuvens, que seguiam pro Nortão, peregrinando, bojudas. Denaldo? Peregrinaldo? — matutei...

— Promessa de nuvem é dívida de chuva! Êita, doutô, coisa mais linda lá pra serra! Pro sinhô ver; é lá que eu me gosto, demais. — Olhou pra escarpa mais alta, caçando algo que não divisava. Reparava o arenito se ruindo no tempo muito longo que as rochas ampulhetavam. Ficou assim, estatelado, agarrado no arreio, como se rezasse. O rosto sereno, campeando uma rês, seria?

— Morei aqui, foi, sim, sinhô. Cheguei na tropa do finado compadre, de nome Josia. Até me assentar, *varemos* pelo Canindé, o Grajaú, lá pro... Rio Sereno... A gente era de longe, do Gurgueia, de muitos Piauís *despois*... Em volta aqui, aqui mesmo, é gente da gente. Boi de *dá* gosto, fartura. Família completa no eito, de sol a sol. Nem num tinha necessidade não. Precisão de nenhuma sorte. *Nóis* tirava couro, jabá, melado, caça na fartura, *inté* sal se ajeitava, de um tudo...

A cavalo, bordejando a serra, no trilho de gado, longe da pista. Da serra aquele cheiro famoso — os últimos goiases, capins antedeluvianos até... os Pastos Bons. O Sertão de Dentro. Finavam flores secas, árvores retorcidas, folhas grossas, descia-se pra mataria gorda. Denaldo, orgulhoso de guiar-me.

Enquanto racontava caso atrás de outro, me recordava da fazenda dos avós, perdida décadas de porteiras atrás... E que falta o chão quente, chuvado, no dia da criadeira? As memorações me remoíam e pra deslembrar, dei pra me entusiasmar mais o Denaldo. Na mesma toada, passei aos relatos, os causos meus, dos meus antigos, os emprestados dos outros, dos que sabia de orelhada...

— E foi! Se desapossaram, maus negócios, heranças partidas, esparrela das agiotagens, gadaria em garantias, pelejas... Trapaças, truco! Quem é que sabe o que se é o certo? Até os ferros se foram. O bisavô ainda mascateou pro lado de Carolina, desceu pras cabeceiras do Parnaíba, atravessou o Jaguaribe. Pastos Bons? Só isto sei. Histórias... E como andei esgaravatando as origens, sei que o bisavô até o tal do Bico do Papagaio palmilhou. Pra desconsolo, nada encontrei. Me interessei no eito pro recomeço. Daí esta viagem praqui, Denaldo, pro chão carolino. Dos meus, ninguém queria aquiescer, e o que sobejou, nonada, se ambulou...

— Nhôr sim, seu doutô, capoeirão de respeito. E hoje? No chão tocantino num tem mais uma biboquinha sem estrada. No Maranhão, iche... Pé-duro que seguia pro Nortão em renque de comitiva, quá? Só na carreta e, trucada! Luxo! *Prali*, ó. Rio só no buliço, a vaza pro Pará... Mundo d'água aquilo, pro doutô ver... Hoje? *Quéde* o telecoteco de casco limando pedra? Ei, oi... Tropico aqui, ai-meu-deus ali... *Adespois*, pra espertar comitiva, tava ali o puxador, a mode jungir...

Ôooouu, ôooouu, ôooouu, cáaaaa, cáaaaa...

Os passarinhos pararam de piar, e o canto denaldino galopeou pra cima da serra, até as nuvens se estancaram numa esplanada sem vento... Oração? E não é? O primeiro aboio ninguém nem nunca *desesquece*.

— Deveras! Seu doutô... Eu me *arrepeio* a cada aboio, sem aboio me adoeço...

O Denaldo como que pulou da sela, esbarrou o pingo e me deixou desqueixelado. Apeou, abrupto, barrava firme meu freio. Remontou, ajeitou-se na sela, em pé no arreio, refranziu a testa.

Saiu daquele enfaradamento que já me molestava. Foi só tocar no assunto do aboio e seu corpo se brandiu num balango só. Mirou-me na lagoa funda dos olhos e se estirou na cantoria, olhando pra serra, pra mim, pra serra, pra mim...
Ououou, ououou,
êeee boi, êeee boi, vem, vem, vem, cá, cá, cá,
Surtido, Malhado, Sapeco, vem, vem, cá, cá, cá...
E eu, na admiração a mais prazerosa deste mundo, ria-me que só. Seu aboio estrugia a todo lado, calafetando o horizonte — aquele canto premente — cantocéu. Me reaquistava pra perto as lonjuras distantes da vida, os aboios acaçapados, sabia-os de cor...
Deleitava-me o cantochão, e de um tanto... Indizível o arrebatamento, supimpo delírio. Qual! Me sentia-me alma-parte da encantaria, eu, aquele umzinho-um do gado extraviado naquele sem fim de serra, colhido em o desvelo de o aboio seu, no visgo da cantoria...
Denaldo, a cavalgada, deixei-o baqueando-me ao deus-me-dará; desatrelamos, afrouxamos o barbicacho do freio, o capim mascado, as montarias só ao do cabresto. A nossa comitiva seguia cucuruteando pela serra, subir, descer, meus olhos fechados, a acolher seu aboio de cantador-mestre, no perfume da tarde, chuvosa...
Poeta da urucubaca:
Rima até boi com vaca...
Ruminava sobre o passado que evinha pro lado do futuro, a nossa história, o que ela nos guisa. Cingia-me no arreio, os pés bamboleando, soltos do estribo, o ossinho do perínio roçando o gordura, pegajoso, ainda molhado, cheiro-bom. E ele, firme, seu vozeirão, sujigando o meu cavalo, arreliando o dele; na tabua do pescoço as suas pernas. Abençoava as quantas criações, as poucas, que por perto se fartavam em pastar e olhar pr'ele, atentas, no compenetramento vindicado pelo aboio.

O mundo no derredor, quedo, o meloso carregado, pra se deixar passar seu aboioração, a voz descia e subia, modulando a serra, a partitura dela — o aboio desbuçalado.

Havia anos — *hay cuantos?* — não ouvia este, o canto-acalantado. Fiava-me só nos talvezes, na vitrola, meus Elomares, alguma lembrança? Mas quando, lá pro Norte, a prumo de Belém num tem disto, o boi na mata? Barbatão? Mas, quando! Prali abafaram foi, a monofonia da voz, do cantochão reginaldino, catingueiro, não se canta não. Só a motosserra, o fogo indócil, sapeca, mais alto que a sarça.

A bem da verdade, desde moleque não escutava rimance tão versado. Até me esquecera de como se larga um aboio solto, carreando o boiadeiro, minhotando o boi, o próprio cavalar dele embruxado — o pastoreio, as nuvens descabeladas, tangendo a paisagem da serra, no precípite de seu galope; só estrofes suas, só suas, directo e silábico pra campear desgarrado, boi zaranza.

— Aqui, meu patrãozão, gado num padece fomear, não. Humm, não! Nunquinha, nem no tempo do seco; o mais baratinado que *seje*. Gado alígero, se informa, se avença, só na prosódia deles, se for pra se avir — Lidas e Ilíadas — dizia o finado pai. *Havéra!* O sinhô pode *campeá* o Tocantins do manjedouro ao Salgado, mais o Araguaia *tudim*, vogando, chusmado... Arrisca *baldeá* pra serra, no rumo *intééé* o Val do Gurgueia, sim sinhô. Num vai *esbarrá* não sinhô, terreno mais maciso, capim adocicado de bão, só creme, filé. Dá vontade de se servir, *nóis*, também. E, quando é do melinis, ah! Chega a pingar manteiga do capim, besunta a roupa da gente. Êita, doutô, a vaqueirama mais de feliz de *dá* gosto. É só cantiga, o epinício doce, arrepiando a cacunda...

    Prri...priii, vem, vem, ai boi, boi, boi...
    Ououou êee boi, êeee boi,
    Vem, vem, vem, cá, cá, cá...

E gaturrou no discursado, bonito, mesurado, seu aboio-chão, só rendilha! Persuasivo demais, silabando o mundo todo. Estrofiava os passarinhos, o bulício de água... Me espreitava de quando em vez, reverenciando a tal serra, acarinhando a crineira, a terna jovialidade. Ehh, Denaldo, eu aboiava baixinho, de contentada felicidade.

Mais assemelhado a um desafio, ele, Denaldo, de uma banda, a natureza indivisa, o seu flamejantismo, do outro. Um aboiava, a outra esturrava as melopeias, as muitas, quase todas...

O homem se expunha em aberto, sem afoiteza; gestos largos, espichando o tempo... Os cavalos, os dois, no bailado pateado, o potro dele, o nhato, na maior atenção, libando-se naquele canto, esquipado de brios com a courama do muladeiro toda sobre o costado, como se... É sim, o maioral, capitão de tropa; um trote saltado, trocando orelhas, o sinal, o rematado abono...

— A serra, sim sinhô, eu *apreceio*, sim sinhô. Cada grotinha escarafunchei. Ror de carreira de boi... Galope no ofusco, rodei quantas *veiz*! Num me alembro não. Profissão é precisão! Larguei, tinha quatro bocas em casa, fui caçar o de ganhar. Aquele chororô da lazeira. Dói, dói aqui, pra dentro da alma toda, na gente igual nos *menino*. E é, pra nossa banda nem ninguém que apetece um aboieiro de empregado, de fixo, na carteira. Vez ou outra, peditório pra campear boi extraviado, só um issozinho... Eu vivia praí ó... Pro cafundório, na larga, onde havéra mato, me enrustia... Vida boa, armar curral, se *véve*, de vaqueiro, fábrica, amanhador dos gados, alevantador de malhada. Sim sinhô, e como... Bom de curar bicheira, de um tudo eu fazia... No eito! Só aprender. Se errasse, desaprendia, aprendia de novo. Profissão é precisão, sim sinhô. Meu pai sempre no certo e errado. Repetiu foi muito: no sertão são poucas todas cautelas. Cuida de curraleiro, de cão comborgueiro e potro novo... *Com cautela vive-se bem em toda a parte.*

Antes cautela... Quem havéra de esquecer? A voz, chocalho, canto, címbalo... Se num tem padre, pastor, o canto aboiador...
— Patrão, quem que quer umzinho igual *nóis*? Só turisminho muchibo tem de quebra pra aboiador! Puxar turista pra apreciar cachoeira de Carolina, de Santa Luzia... E só cavalo troncho, andadura de cumadre, escambando receita pra dor de lombo? Pra aboiador, seu doutô, criado no pelo de petiço xucro, sem crina! Ai! E lá isso leva graça? Bem haja, seu doutô aqui, na tal da vida... Resmungou-se... Carpiu vento. Aquela mudez... Há quanto não goelava o aboiado?
— Pior, meu patrão, é gente sem afeição! Sem-graça gente que se *espavore* quando me vê aboiando. Que falam? Pro sinhô ver: — Êi, êi, seu moço, psiu... Num faz mais isto c'ua gente não, seu moço. *Nóis* se assusta, pensa que tá chamando assombração! Melhor cantar sertanejo universitário, qualquer coisa... Ara, qualquer coisa! Me afundo no chapéu, roseteio o lombo do *alimá*, me enrodilho igual canastra no rebuço. Me aboio cá pra dentro, me choro pra mim. Nem olho mais, é gente sem alma, põe este *bichim* aí no ouvido, esse *mêmo* que o seu doutô tá caçando jeito de *punhá* nouvido... O besteirol tão alto, que num quer saber de passarinho, rasto de bicho, catinga de caititu, trela de boiadeiro... Se venta, se chove, se é lua boa... Ah, doutô, é tão bão *nóis proseiá* neste lorotamento da vida... Esta gente tá dizendo, influída — aboio é pra *endemonhado*. Sim sinhô, me crê? Pra mais de vinte primaveras costeando boi na comitiva. Culatreiro, ferrador, desmarruando boi. No sem-fim, atrás do tresmalhado... Dá gosto *sinuelá* bagualo. Hum-hum. Na peia tinha outro não, igual euzinho? Só no aboio, nada de taca. Mas, quando!

O silêncio cortou suas lágrimas e pausou por um bom tempo:
— E no hoje? Vaqueiro tem dó de boi! Hum! Estrebucha... Nem canzil quer, encangado... Só balda pra cá, balda prá lá, a muita da vergonha! Num sabe apartar barbeloso. Peonada perfumada,

um tal de *champu*, um tal de creme *rinsio*, todo perequeté; e a fatiola dele, pro sinhô *vê*! O *chapélo* duro... *Quéde* o barbicacho? E o medo de molhar o *chapélo* mericano? Ai, cumpade, num joga lama *ne* mim não, minha gata num vai gostar do *chapélo* chapiscado... O sinhô acredita? Ouvi sim, dum pirralhinho assim, ó! Se dizia peão igual-eu! Aboio *mêmo*, soletrado, ninguém num quer ouvir não. Nem peão, seu doutô! Eu pelejo mais que tudo pra alentar. No que é *bão* pros boi, *seje* manso, coiceiro, baldoso... É eles que gosta *mêmo* da prosopopeia. Aboio é coloquial dos boi, maneiro. É boi com boi, lé com lé, cré com cré. O doutô já viu taramela de papagaio? É igualinho, só que papagaio fala pra fora, pras *núvem*. Boi, boi *mêmo*, boi de verdade, dos cupinzudo, sim nhônhô, desses *mêmo*... Fala pra dentro, no aboio, a língua só lá deles. E, fala pra *nóis*, os peão, amigo do boi.

Desenfastiado, atentando no meu puro interesse de verdades sinceras, Denaldo seguiu em seu patoá, a fala dolente, aguturada aqui, engruvinhada ali, cantada, sempre. *Inté* esqueceu que eu, por algum feitio, ali estava, enturistado. Sim, ao facultar-lhe o desembucho, notava-se o regozijo esturdido que, decerto, há muito não se alargava, seu sorriso vazando, o mareio nos olhos.

— É aboio, doutô. Boi arria a cabeça, a mode *cavaqueá*. Batê-papo! E quem é que sabe *aboiá*? E lá se aprende? Se aletra vigiando mais os boi no arabesco deles... Quem sabe, logo dá de *conversá* c'os boi. *Trotá* coladinho neles, se *encostá* no cocho, o suor de boi, suor de gente... O domingo de a tarde, peão de butuca, acocorado... Só proseio, e eles lá se esplachando. Chuape, chuape... Na lambeção do sal lá deles, *nóis*, nas dubiezas da vida...

    Êeeeee É boi, ê boi, é boi... Vem, vem, vem, cá, cá, cá...
    Êeeeee É boi, ê boi, é boi... Vem, vem, vem, cá, cá, cá...

— Aboio, doutô... É só carinho, é hino. Confabulado corriqueiro, tem toleima não. É como *nóis*, arremedo sem remendo, aqui na serra, só *nóis*, no silêncio das sombras. Um salamaleque geral. É o como-vai? O bom-dia de todo-dia. Boi *mêmo* é rapa-pé de *sortá* poeirão. Pode *arrepará*. Um pro outro, na fala deles: como tão sempre em casa! Na invernada... E *pregunta*, de todos, dos patrão, como se vão; num é assim *mêmo*? Da família, de como... Os parente? As fazenda? Os gado... Aboio é isto, doutô! Leréia, se fosse dos nossos seria no arredor da trempe. Sem segredagem, o mais erado muge, a bezerrama berra. O sem compromisso regular das curva do mundo.

Eu vim lá do Piauí
Pra Bahia vou voltá
Minha fulô se desgarrô
Meu destino é... aboiá
ôooo, áaaa
aboiá, aboiá
ôooo, áaaa

Ele estrofiava esta encetadura, desandava a verter lágrimas, as palavras se murmuravam pra dentro, os lábios cerrados franziam na tremelicação, descancionando o que vinha de tão bonito... Eu nem quis me intrometer, perguntar o sucedido. Deixei-me, debalde, escoltar seu lamento, lá de dentro, dos aboios antigos, mergulhados na alma sua — de o último aboiador.

A conversa foi assim, encurralando a morraria, o meu condutor cada vez mais animado, a cavalgadura pendulada na molenguice, o trote preguiçoso, teleco-teco, teleco-teco, taque-taque. Denaldo olhava pra cima e desabotoava alguma lagrimazinha miúda. Sim, arreparei. Mas ele logo a embuçava e evinha outra, e bisava o gesto. Espiei-o, curioso, consternado, sem besbilhoteio, emparelhando as montarias, até que se chacoalhava na sela e acaudilhava na toada lá dele, aboiando pra dentro, se embiocando nas suas cordilheiras infindáveis.

— E o sinhô num vai é *acreditá* porque é que *nóis* teve que *baldeá* da serra. O dono daqui, fazendeirão graúdo, o Firminão. Na chapada, ninguém nem media força c'o homem não. Valente, dos *antigo*! Mas, *seje* justiça, deverasmente bondoso. Num avassalava os *outro* não, demais de respeitador. Ninguém se embezerrava c'ele. Carecia não. Homem bão, bão de verdade, sem corcoveio. Pro nhônhozinho vê, o filho dele, Firmininho, quanto capricho c'o menino. Despachou pra cidade, tirar *letra*. Passou ligeiro, num deu dez anos, volve homem parrudo, referto das vontades. E forte, rijo igual boi de venta branca. Mas, doutô, tinha era um dó dos boi! Pro sinhô *vê*, era *ansim mêmo*. *Quéde* deixar vaqueiro *especá* boi c'o chucho! Guaxa, nem relando de mansinho. Palaf! O som da guacha fazia o Firmininho tremer todo! Laçar então, pra *enforcá* o pobrinho do nininho... Mas, quando? Tudo que é boi pr'ele era nininho. Mais, doutô, que vergonha, pro sinhô *vê*! E eu é que ensinei *prele* a *arrepará* rebanho de batata, abacate, chuchu... Eu é que crismava de nininho os boi! Ai que beleza era o Firmininho na lamaçal, tocando o rebanho pro curralzinho de caiçara, os *graveto* ajeitadinho dele. Amestrei ele a domar cavalo, *tirá* as *cócega* da barriga de *espantadiço*, a *amontá, desamuntá, peiá* as *rêis, curá* bicheira... Com dez anos lavrados levaram meu menino embora, desmamado e xucro. Foi sim, e foi de a cavalo, sô sabe, doutô, pra mode num cair. Quem enjeita ponte é burro, cavalo até que num desgosta da bulha das tábua solta, até semelha salto alto... De começo, o povo daqui *inté* bulia. Pilheriava que só. Mas, doutô, o negócio foi é, ficando sério... *Mandá* boi pro gancho — nem *pensá*! Firmininho arredio! Diz que, boi *mêmo*, tinha que *arrespeitá*, devia de *morrê* de caduquice, velhagem, na pastaria, sozinho, de madrugada... Mas, quando, doutô? *Cumé* é que se *véve*? Que dindim se vai *ganhá*? Se num é de boi torando de gordo, de vaca mojada, de que é que? E touro, tem que ser influído, senão, pra que? O caldo entornou de vez quando o *véio* bateu as botas, foi lá se juntar mais as abantesmas. *Dize*, doutô, que foi *margor*. Eu nem num sei não. Pra mim, aboiei muito no assunto este, dos desaparecimentos, não me concluí de nada não, nem não nem sim, nem talvez. Porque os dois *era* muito acompanheirado, amor de verdade, de pai, de filho, de sangue forte. *Dize* que na trela deles num entrava questã de boi, de frigorífico, assim *dize*... Parece que o Firminão gastou o que tinha, e o que num tinha... Pro sinhô *vê*, é só finar o *véio*, e o filho assume o trono, e *brota* as *ideia doida* dele — regra nova — boi bão é boi no pasto! *Vamo* é *ganhá* dinheiro amansando boi, curando chifrudo que num *qué* engordá, só no aboio, na *pissicologia* dos gados... Do agora e no adiante a fazenda é hospital de boi — êita! Uma tal de *romeropatia*, num é isto? *Romopatia*...

— Ah, sim, homeopatia. Muito bom! — disse.

— E é! E pra todo mundo, pra todo Brasil, do Norte, pra Goiás, Maranhão, Piauí... Na *pissicologia*! No começo, doutô, *inda vinheram* da televisão, filmar *tudim*, corria gente pra vê, e eu no aboio mais lindo, ajuntava o armento todo... Mas boi, boi, boi que é boi, boi que é bão, necas de pitibiribas... *Espraiou* que ali era fazenda do mandingueiro! Imagine, doutô, o patrãozinho, mandingueiro? Que pra boi *sará*, a tal reza da fazenda era sem valência. Que *num* era reza abençoada, num tinha padre, pois então, num servia! E é, aquela gadaria branca que se perdia aí pra serra foi raleando... De morte natural, de uma cascavel, de um que levava, doutro que vinha buscar... De vez em quando se carneava umzinho pra cantina da fazenda... Mas isto era bem segregado... É a tal história, o boi foi lambendo o sal. O que se fazia do couro, da carne, agora evinham de longe, a preço caro, preço de cidade. O menino *dispensô* os *camarada*, a gente foi tuchando a vila, pra ter algum. Sim sinhô, é, pra família, doutô, *alimentá* as boca, nhôr sim. Ninguém pôs o menino no tronco, toda gente gostava demais do Firmininho. Atinava lá o capricho dele c'os boi... O sinhô *acompreende*?

— Sim, Denaldo, entendido e sub-entendido!

— Prali era o céu deles, dos *boi*. Mas quá! É o destino. Talqualmente quem *véve* daquilo? Deus dá, Deus toma! Foi que foi.

O Firmininho entrou no falimento. Num tinha o Firmião pra *freiá* o filho, pra carretar a rédea curta. Num teve jeito, precisa de ver a tristeza do *rapaiz* equando levaram o lote cabeiro. Foi só prantina. Eu tava ali, agarrado nele, chorei foi muito. E, quantos dias! Das quarenta *rêis* eu e ele chamava bem umas trinta só do nome. Riqueza, Fazendeira, Prenda, Marelinha, Caviúna, Catita... Fui eu que adomei as *bichinha*. Sim sinhô. Só no aboio, sem cabrestear, peiando bezerro com cadarço de sapato. E, foi... Pro sinhô *vê*, elas *evinha*, doutô, o sinhô precisava *táli*.

Riqueza, riqueza, riqueza, evém, evém,
Riqueza, riqueza, riqueza, evém, evém

— Num me posso mais, doutô, é só lágrima engasgando a gente, de apertado. Euzinho *mêmo*, eu, amansador chefe, tal e qual o nininho me regalava. Na carteira, doutô. *Tavalí*: aboieiro geral! Aquilo me era orgulho, doutô, me enchia os peito, eu, o peão do pé-da-serra, *anarfabeto*, eu, aboieiro geral! E é!

E vinha o vento, campeando árvore pra se desfolhar... Tanta felicidade num homem desajudado, falava só com desfastio, se emblemando de tal forma que o seu cavalo fazia par na ginga das palavras suas. E continuou:

— Semelhar que... Só os *paraíso*, pra minha querência... Campeando *rêis*, até lá — o fim do mundo —, só aboio, daqui, do peito... E, sim. É *aboiá* e a gadama reponta! De cada ourela, cantochão deles. Esturro meu aboio daqui. Meu cantado! E os *bichinho* retrucava do fundo. Na sizígia deles, só pro sinhô vê! Mais me repontava e eu, de retorno, só no aboio, do puro... P.O.! Êita felicidade... O sinhô, nhônhô, quer *mêmo* saber? Que é que eu aviava pra amansar chifrudo? Ah, me abeirava mais eu, pra banda dos boi. De primeira, amontado, arrodeando, arrodeando, caçando os mais *sorna*, os *tineta*, salgando, aboiando, salgando, aboiando... Até os *bichim* se avezar. Boi se dociliza é no aboio. É o sal que adocica boi casmurrão. E milagreia mesmo, sal vira açúcar... Êi, sô, é só no sim, no não, nhô, sim sinhô! *Desamuntar*, se sentar na pala do cavalo, explanar os A-b-c, os Be--a-bá pra quem *seje* — boi, vaca, *inté* almalho. Questão de mês e só boi letrado, arrespondendo aboio em desconformes! É, sô, na santa paz de nosso sinhô, sim sinhô. *Mansim, mansim*, êita gado felizardo! E ganha peso! Num tem par! Some os pé-duro, vira tudo taludo! Pasto novo nunca foi preciso, no antemão os boi se acombinavam. Porteira? Aberta. Cerca? Inteirona, num carecia remendar.

— E o Firmininho?

— Ah, num falei procê, meu sinhô? Me aperdoe. É que... O nome dele me dá gastura aqui por dentro. Fico malsofrido. Fir--mi-ni-nho! Tenho é saudade grande, sô. Menino direito, por demais. Me olhava assim, ó! Gaudismo dele. Me pirangava pra inventar aboio novo... Pra mode apartar o gado de jeito diferente. *Inté* no fasto a boiama me acompanhou, rabo alevantado, aplaudindo. Sim sinhô! Na despedida, igualinho velório. Silêncio quieto, quieto, só caladura. Nem num saía palavra, nem aboio, só choramingo chocho. Pagou a gente? E, como! Sim sinhô! *Inda levêmo* foi muita tralha... Da casa, regalo, até uma pelega embolsei. Boi? E, foi, uns cangalhos caxinguentos, sim sinhô, num havia mais... Lembrança da fazenda, palestrava o menino. Cingia as *mão* da gente, apertado, sô, quede largar? Foi, sim sinhô, lá pra cidade. Dele? Num sei mais não...

— Que cidade?

— Que cidade? Tal-qualmente, sei não, sô. Cidade, cê num sabe? Num é tudo igual? Pra *nóis* foi é uma quaresma só. Inda fiquemos um quanto prali, na colônia, só desvario, pra dar azo... Pra quê? Num sei arresponder não, doutô. Baldeando, pra lá, prá cá. Sem faina, o que se faz? Parecia feriado. Domingo. Me disse, me alembro. E fiquei até o banco cadeadar as porteira, lacrar as terra. Lacraias, sô! Cramunhão de banco! Pra quê? Careceu não. Em antes a comida deu de ralear. Os últimos. Mudemos pra barra do Corguinho. Tentemos foi, uma rocinha, mas quando, sô... Capivara deu conta do que o caititu num espatifou! E o varjão, pro sô vê, estrafegou foi o mundo. Êita! *Nóis* corremos dali, *abes-*

pinhado. Toleima, sô! Sô sabe, os *menino* numa rafa só, a mulher aperreada, as *noite escura*, sem algum pro óleo da lamparina. Só chibézinho ralo, fruta de mato, goiaba, bacuri, mangaba... Que jeito, sô? Fui *sê* carroceiro aí, na vila. Foi ela sim, Dona Matilde. Prima do Firmininho. Botou reparo *ne* mim. Arranjou um barraco pra arranchar a família. Me aconvidou pra baldear turista pras *cachoeira* de Carolina. Estancou aquele aranzel, que vinha murchando, minguando... Me olhou avergonhado, os olhos marejados. Mirava a serra com saudade imensa, os braços caídos, a rédea solta... Me parecia que o velho vaqueiro já queria se apear da vida. Guardar os aboios na algibeira. Pois, engano meu!

Vem, vem, vem, boi, vem, vem, boi, boi, boi, boi...
Cá, cá, cá, *firminho, firminho vai chegá, vai chegá*...
Se endireitou no arreio, me conferenciou, regalado...
— Aqui boi se alonga não, sô. *Nóis* divulga nossa esperteza. *Nóis véve* do isso, de rastrear os boi, pra parte que se escapulir, caborteiro, tresmalheiro, praqui *nóis* desnoda! Boi desta banda de mundo? Sô, só clamar evêm que nem *cachorrim*, a gente de sal na mão, os bichim lambendo a mão. Criação de terreiro, sô! Hoje não, sô. Só é tristeza... Capoeirão alto, o meloso acaçapado... *Dize* que é *mió* pras água, que as água do planeta tão pra *desparecer*, chupada pra dentro do ôco dos poço. Que vai *sê* seca da grande. Sô, que *seje*! Pra *nóis*, é tirar os proveito, lambiscar abio, pequi, dai-me! Lá pro norte, pra lá, praquelas banda, ó, pra floresta grande, a *tar* da Amazônia, pra lá, sim sinhô, boi num vai mais não. Diz que *proibiro*. E, é, sô? Sô doutô, cadê os *hóme* deste Brasil pra enfrentar a bandidagem da tar da Amazônia? O doutô carece de saber. Na serra tinha sim, lá no alto, o velho aboieiro, Seu Codó. Êita aboieiro de capa e espada. Seu Codó amarrava boi na fala dele em dois *minuto*. Num tinha boi tinhoso, capitoso não. *Prele* não! Boi ficava *inté* cansado de bufar pro Seu Codó.

Sim sinhô. Ficou, ficou sim, lá na serra, pralí, ó. Só ele, umzinho. Nhô, sim. Me disse Seu Codó: — *Veje* lá, menino, da Serra num largo não. Vô morar na loquinha, nas *pedra*. Me arranjo de caça, um mutázinho, arapuca, pra que? Se só *sô* só eu só *mêmo*, ou num *sô, sô*? Só mais eu, mia rede, meu piquá... No *despois* que agente largou a serra, tod'ano visitava o *véio* Codó. Isto foi, *veje* lá, acho que pra mor de cinco ano, sim sinhô, sete ano bem seteniado, foi. Antes de interar o oitavo... Eu subia a serra na boca do verão, pra mó de deixar Seu Codó arrimado. Sal, *pórva*, óleo pra lamparina, cangibrina, café, açúcar... Pois, foi, foi *mêmo*, cheguei mais eu lá, só eu e a flobézinha aqui ó, éss'uma. Doutô, nhô sim, pro sinhô vê, o abandonado desse mundo. Doutô, o *hóme* tinha era desencarnado. Tava sequinho, num *cantim* lá da loca dele. Nem *arubu* nem a *tar* da onça-canguçu molestaram ele. E a cara dele? Pro nhô ver, só contentamento. Dali pra frente, o povo *garrou* a ouvir aboio dele a torto e direito. O povo daqui, seu doutô, num sobe lá na serra não. De medo? Não, nhôr, não. Povo daqui só tem medo de político safado e de cacete de polícia. É não, é de arrespeito. O *véio* era muito amado. Num tinha quem num perdia uma *rêis* que ele num arrecuperasse. Na toadinha dele lá, era meizinheiro, do mais forte que se viu. Fazia um lacinho no dedo do dono da *rêis* e, pronto, benzedisse agarantida. Dia seguinte ela tava lá, no pasto dele, toda faceira, lambendo na mão do dono. E pegar desmintidura? Doutô, num tinha igual ele, não. O sinhô tá cansado, nhô não?

— Mas, quando?

— De tanto que acavouco as *minha lembrança*, seu doutô? Tá não? É saudade muita, nhô nhô. E efabular, assim, no tintim por tintim, *alivêia* por demais as *mágoa* da gente. A serra era encantada, nhô-doutô. Aquela felicidade de aboio pra tudo lado. Era Seu Codó, seu doutô, o paraíso dele. O sinhô num sabe que veio gente lá de São Luís, *inté* de Belém, pra ouvir o aboio dele, gravar ele, passar lá na rádio. Pessoal da escola, de gravador grande, deste tamanho ó, uns *aparelho* de ouvido, uns bicho peludo grande na ponta do pau, zagaiando pro alto quando o aboio surtia. *Ouvi* eles *ouvia*, mas registrar, nadica. Foi testar de tudo que é jeito. *Pelejaro* que só. E nem direto, no ao vivo da rádio... O povo, com radinho n'*orêia*, querendo ouvir Seu Codó aboiando. Lhufas! O aboieiro era berzabum pra esconder a *vóiz* lá dele. Era só pra gente escutar ali *mêmo*, no pé de serra, no ao vivo, de corpo presente. Nhô sabe, a vida vivida é uma só, e vivida ao vivo...

Uma *veiz*, nhô doutô, vinha eu e mais um mundaréu de gente. Boiada das *grande*, lá do Seu Firminão. Baldeação, duma fazendona dele lá proutra, pra Virge Maria, aquela sim, doutô. Aquilo era terrão, marchava pra mais de quinhentas *rêis*. E quando deu na descida aqui, aqui *mêmo*, o lote da cabeceira se desgarrou! Danou a correr, nhô douto! Estouro de boiada ninguém não segura não, nunca. O lote de trás se engraçou, igualito. Aquele tropel, poeirama. Nada da gente estancar a boiada. Pra lá de dez vaqueiro! Num demos conta não, seu doutô. Mais, precisa ver o sucedido, nhô douto! Aquando a boiama surtiu na beira da grota grande *escutemo* foi aquele aboio filarmônico! De orquestra completa! Era ele, sim, nhô nhô. O véio Codó, na mais afanadosa alegria dele. Lá do *esprîto* dele, rei da serra, aboiador maior. Seu doutô! O couro da gente toda — as montaria, os boi, e *nóis*, tudinho, ouriçado! Agorinha, só de contar, doutô, *inté* me *arrepeio*! Pro sinhô *vê*, num era aboio não, era uma cantoria geral, hino de igreja-catedral. O *véio* Codó segurou foi a boiada *tudinha* na zoada dele. Lá do *fins* do mundo ele eveio, pra mode *salvá* a gente, isto foi, sim sinhô! Domingo seguinte, doutô tinha que tá aqui. O povaréu todo, procissioniou lá pra serra. *Vinheram*, cantando, de mamando a caducando, agradecer o *véio* Codó. Tá vendo lá, lá no alto *mêmo*, a *cruiz*? Sim sinhô! Essa *mêmo*. Foi *nóis* que finquemos lá. Pra mais de trinta anos faz. Fogo? Fogo num ataca

Cruzeiro do Seu Codó não. Tem corpo fechado. *Punhémos* aquela trava de São Francisco por riba. O aboio do Seu Codó é que apaga o fogo. É pro sinhô ver!

Seu Denaldo parou de falar, de emocionado... Seguiu quieto, soluçando, a cabeça baixa. Nada lhe perguntei. Imaginei que logo voltaria a conversar comigo. Ledo engano, aquele hiato foi pra mais de duas horas. O tempo foi de *apreceiar*, como jamais vira uma serra em minha vida.

Passado este estirão de tempo, Denaldo prosseguiu:

— No dia que *evim*, no sétimo ano, seu doutô, a mode abastecer a dispensa do Seu Codó, vi foi uma comitiva a mais bonita do mundo, um gado manso, pacato... Toque-toque, toque-toque... Os *boi ia* de *ôio* fechado, ruminando a sua capinzama, a barbela relando o gordura, a festa de chupim pra riba do lombo, só carrapato gordo, uma belezura de gado... Parecia que os *boi* conversava um mais o outro. Na frente ia alguém, achei que ia, sim sinhô! Num dava pra *divisá* direito. Aí que ouvi o primeiro aboio. Aboio longo, assobiado e cantado, tudo junto, coisa mais linda. Nunca mais ouvi, e *imitá mêmo*, ah, consigo não... Pelejei de tudo *quié* maneira. Num sai, nem uma estrofinha pra *mode* apresentar pro sinhô *fitá*.

E Denaldo se virou pra mim, amontado de lado no arreio, num gáudio só. Me disse:

— Foi sim, nhô, daquele dia em diante, só alegria. Os *filho* tão aí, tudo criado e *sorto* no capim do mundo de Meu Deus, a *muié* gorda, canta que só, nada de descoroço. Me abraça apertado: — Meu bem pra cá, meu bem pra lá. Ai, minha querida mulherzinha, já *tô cum* saudade de ti, minha *frô*... — Foi sim sinhô, eu *adescubri*. O véio Codó *táva* de novo, no serviço lá dele, aboiando pra gente, cantando pra *mode* a gente se *animá*. O sinhô sabe, já disse pro doutô, tava lá o Codó na loca. E quando vim pra fora, num vi mais o gado, nem rasto de boiada. Só a estrela-boieira. Foi *visage*? Ou era o Seu Codó no trilheiro do Céu? Quem é que sabe? Serra do Aboio, isto mesmo. Na placa oficial, a que tava no mapa da prefeitura, num tinha este nome. A todos que perguntei, confirmaram — sim, Serra do Aboio. Pra Prefeitura era o nome da genitora do prefeito. Falei pro Denaldo que descascou em cima do homem. O único momento em que o vi zangado, desestribado.

— Só político safado! Num sobra um no Maranhão, no Pará, no Tocantins. *Véve* decretando dia do vaqueiro, dá nome de escola, de rua, de serra pra tudo que é parente deles. Pra fazer coisa pro povo? Educação, saúde, quá, nada. Que o raio os aparte da gente boa!

Tava de noitinha, os cavalos surrados, a luz fusfuscando, Denaldo fustigando levemente o potranco, sofreando a montaria, soltou a cisgola e afroxou o chinchão. Eu vinha no trote marchado de chegada, do jeito que a tropa gosta, palac-palac-palac, os pés soltos os estribos talaquitando nas argolas da barrigueira; e, mais um silêncio alongado do Denaldo. O suor escorria do lombo dos cavalos. Foi só se aproximar da cidade e parecia que o Denaldo tresmudava. Mas, não, ele estava aboiando as suas memórias, conversando pra dentro, com os bois lá dele, com os nininhos, Firmininho, Seu Codó...

Ououou êee boi, êeee boi, vem, vem, vem, cá, cá, cá...
vem Surtido, vem Malhado, vem Sapeco, cá, cá, cá...

Pra gente ver... Passava carro, buzinavam pra ele; todos o cumprimentavam, ele redarguia num folguedo só — Bom *dio!* —, regalado, levantando o chapéu, soltava um brado de júbilo. Serra do Aboio, sim senhor! Quem gostar de fazer turismo, que procure nos guias. E se puder, busque o Denaldo, que igual condutor não há. Peça pra ele fazer o caminho comprido, o das furnas, é pra *mode apreceiá* o viver dele, do seu povo. Outro Denaldo não encontrei. Aboiador, sim, disse-lhe: — Estou à procura de aboiadores para ouvir e registrar, pra minha pesquisa!

Denaldo me olhou firme ao se despedir e concluiu: — Seu Codó, na gentileza lá dele, deixou pra *nóis* uma sementinha de aboio desigual em cada *cantim* da Serra. Serra do Aboio, nhô, nhô, sim. Mais boniteza num *havéra*. É muita fineza do véio Codó! *Éita hómi* bão.

**Seu
indelegado**

Seu Indelegado, sinhô que sabe, me deixar aqui, vão é me sujugar, tirar meu couro! Num sou disso não! Sinhô foi é vizinho do finado meu pai, Deus o tenha e guarde. E Nossa Senhora também! Sinhô bem me conhece, desde jitinho, assimzinho, ó! Tou mangueando não! *Nóis* é do tempo que comia mucura junto, num alembra? Ah, quantos anos avizinhado nosso, da amizade, de coração?

Seu Indelegado quer saber do sumiço das galinhas? Sinhô se evoca aquantas galinha do sinhô lancei de volta pro quintal vosso? Sim, sinhô! A modo de salvar as bichinhas da panela dos outros? Foi sim, sinhô! Uma revoada, num teve vizinho mais cuidante que *nóis*?

Lá em casa Seu Indelegado é airoso, da boa nomeada. Sinhô que mandou paralelipeidar as ruas, a nossa, a Rua da Corda, a de trás, num foi? É sim, sinhô. E quem não esquece não do sinhô, da véia Tita, perdão meu patrão, da senhora sua primeira esposa, a Dona Senhora Tita. Ela ensebou as canelas no ano depois do seguinte, num fui? É, sim sinhô! Não que eu queira rememorar coisa triste pro sinhô ind'agora, me remita, foi sem querer que saiu sem querer...

Agora! Sim sinhô, igualinho meu pai falava. Isto me dá saudade imensa dele, Seu Indelegado. Faz século, muito século que *nóis* num se via, assim, fuça contra fuça... E num era pra sê assim, aqui, na correição. Seu Indelegado vai me exculpando, que... Surripiar galinha não, roubo não, inda mais dos outro, de doutô... Pode tirar o cavalinho da chuva, galinha de doutô é sagrada! Tem inhaca, num serve pra canja nem janta... Pra mim? Eu mesmo num como. Pois então, Seu Indelegado, vou contar mais denovamente pro sinhô o sucedido, pra clarejar. Tava eu mais o Lício campeando um boi selvático. E põe brabeza num boi só. O patrão foi claro. Taí homem ligeiro na gadanha, fala mansa, zás, caborteira que só. Quando o caldo entorna, segura peão, roda todo mundo... Sinhô me adesculpe. Num sabia que Dona Véia, digo, a Senhora Tita, era mais ela agora e o meu patrão, amasiados, teúda e manteúda lá por ele só... Assim, encangalhados... Me aperdoe. Eu, se tivesse sapiência num empreitava serviço co'ele não. Pra desonrar Seu Indelegado? Quá, não sinhô! Tou positivado com o sinhô, no que der e vier, sou matuto não. Leso, pode ser, mas matutismo nunca!

Seu Indelegado, meu patrão me disse, grosso e falado, mandando definitivo: — Num me revolte aqui sem o Boi Gigo! Isto mesmo, tinha até nome, Seu Indelegado. Boi Gigo. Gigo, gigante. Mais de metro de frente; de lado era um pranchão de peito, tábua larga. Podia descer avião naquele cangote. O bicharrão num ia nem bulir, êita cachaço de respeito!

Cada talo de chifre, assim, ó. Um pra cada lado, só de butuca, antenando peão cair na bobeira. Giga alevantava aquela cara braba, fucinhuda, amarrava a gente, só de lanço. E de perto? Deus-o-livre. *Inté* as orelhas dele era dura que nem chifre. Respeito o que o turuna pedia.

O bicho bufava do ar aquentar. Bão, como lho ia contando, eu mais o Lício, ele no Rainho, eu no Fogo-mole, os dois tosadinhos na perfeição; e lá, no tropelo, do outro lado do mundo, o tal do Boi Gigo garrou a correr, abriu na frente...

Seu Indelegado, fazia falta o chuço, e como... Mas tinha o laço, o melhor de bom que já pus a mão, de catingueiro, legítimo, chumbado na perfeição. Serviço bem feito, atreladinho na pégua, armado, pronto pro boleio. Sim sinhô, sempre enjeitado, maneirinho. A mão esquerda na argola, mor de ser eu o canhoto da turma. De pequeno a mãe me amarrava o braço, pra endireitar, dizia...

O sinhô, Seu Indelegado, deve de se alembrar dos dois gêmeos, num se escorda não? E é, os que se vieram na fieira, depois de mim, e pra surpresa da mãe, os três, a canhotaria da família. E ela desistiu foi logo, e muito bem desistido porque os gêmeos nem se bateram com isto.

Apalermado, *nóis*? Ah, sim, ah, não. O tempo que tem é, vap-vup, pra bolear, cerrar no cabeção dele e fica só o vento puxando o turunaço. O sonho de todo peão, na bagualhada é o Giga, de primeira, mas tem que ter cavalo encarnado pra pinchar o assombrado.

Ali, no eito, vai, não vai, vai, foi. Corre não corre, corre, o zaino nervoso... No gatilho da rédea, acossa daqui, ajeita dali, galope... Sustido, sinhô, três segundos pareceu uma hora imensa. Bem ajoujada, se for égua, melhor...

Mas, quando! O Giga se escafedeu, deixou foi poeira. Lício até num desgostou, se aliviou na silha, gargolejou uma branquinha, da limpa-poeira.

Toca campear aquele chifrãozão no matagal, na quietude... As surtidas do Gigo eram bem divulgadas, e mais ainda pro lado do vizinho do meu patrão, Seu Faud. O boião entrava no pomar, na manga, no galinheiro, um piseiro só. Quá? Num respeitava cerca não, nem da elétrica. Mata-burro e cancela, o diabo! Se esfregava mais ele em cupim, visse ele um murundu. Saía aquele carão, a terra ruça!

O sinhô Seu Indelegado, se mal não pergunte, deve alembrar... Seu Faud... Eu sei que dói esta prospopeia... Mascate antigo; é dois, dois Seu Faud, um regatão, da água; o outro, estradeiro, pé-duro. O quengo virou maioral, mais que *nóis* que num larguemos o piseiro. O irmão do Faud é comandante, de navio, sim sinhô, tem frota aí pro Amazonas, faz serviço pra governo, ficou rico. É só ter negócio com governo pra ganhar na loteria!

Seu Faud, ele mesmo, o pé-duro, o mais maneirinho, comedor de beira... Negociava de um tudo, é borracha, é castanha, patauá, miriti, que fosse. O sinhô sabe, Seu Indelegado, o escambeiro ficou rico, mete goela abaixo as coisas que nem num tamos precisado. Bicho manhoso, seu Faud.

Bem, voltando lá pra campeação, tava *nóis* na nossa merendagem, a mó de desfadigar as montarias. Pro sinhô vê, Seu Indelegado, de tão calorenta a quentura, que a orelha troncha do meu petiço pingava suor branco.

Levei minha rede, sim sinhô, ora se não? De buriti fininho... Nhôr, sim, na garupa, no oleado, sim sinhô. Praqui, nestas bandas, pra toda baldeação carrego a minha. O sinhô deve de saber, quem empresta a rede, dorme no chão. Se tem rede a gente tá servido, sem varanda, sem fricote mesmo... De dia, de noite.

Bão, tava ali, na minha redinha, empurrando com a embira de um lado pro outro, de um lado pro outro, rec-rec, rec-rec, aquela bulhinha gostosa... E derrepentemente tufou um calorão do lado do Seu Faud. Um queimor carregado, o cheiro gasto, de fumaça. Levantei ligeirinho. Iche, é fogo! Atinei foi logo. Pus a mão no punho da rede. Acorda, Lício. O bicho roncava sem bridão. De onde é que vinha o fogaréu? *Nóis* só sentia o mormaço, o quentume caramelando a cara da gente, a cara-de-pupunha, e num atentava o sentido do facho.

Lício me disse, me alembro bem, Seu Indelegado. Hum-hum, e é! E agora, com este fogo é que o Boi Gigo sai da toca. O bagualo vai correr pra água e *nóis* se avia mais ele. Quero é ver quem é prosa!

Lício, sabido de um tudo e de um pouco. E eu só fiz mais concordar com o galeguinho. Como a água era ali mesmo, chegadinho e as montaria tava na recuperação delas, o jeito foi carregar a tralha, e puxar cavalo na mão, na mais silenciada suavidade.

Num é que Lício tava no desesturdismo dele! O Boi Gigo na água, na felicidade completa, o rabo subia e se desenfarruscava, vinha e jogava água pra cima... Nem enfezar com a gente, o abestado! Tava no feliz bem bom.

O fogo já vinha lambendo o matagal, abeirando a fazenda aqui do patrão, desacatando acero, ensombrecendo o mundo... Ingurgitou foi cerca, assuou, cincerrou bravo, campainhou... Zum-zum-zum e espocou e se cabriolou todo. O Lício com as dele — é o fogo do Canhoto!

Quase apeei pra brigar com Lício, mas vi que num era comigo esta canhotice. Deixa pra lá, o fogo manda a gente escapulir. Demo tem é mil nomes explicados.

Apertemos as barrigueiras. Na bonança é tangendo o tal do boizarrão. Tava mais pra carreiro manso, jungido pra viver a vida no baldrame do carro. O Lício bem lobrigou. Foi só o fogo zunzunizar e o boi se amainou. Lício agourento — é o cantarejo de roda de carro, nhénhénhém-nhénhénhém —, o Gigo se alembrou do tempo de carro. Se asserenou. Se *nóis* soubesse! Tinha inhantes, se tinha!

Lício dialeta pouco, resumido. É do fundo dele, sabedoria, só o vivido. O mundo, vermelho e cinza, lusco-fusco. *Nóis* na peleja, nem mais apetecia levar o tal do boi. Perigoso por demais, Seu Indelegado. Pro sinhô vê, foi o boi que carreou *nóis*, no caminho dele, as brenhas. Rompeu morraria, sem desafogo, o rabo se adivertindo, pra lá, pra cá, trota, pasta, se coça, passa, passa, foi indo, foi indo, foi indo e foi...

Marinhou *nóis* pro alto da serra, beiradeou o fogo, sim sinhô! No Itaimbé, só grotão e pirambeira, o boi na linha, cucuruteando lombo de pedra, a mor de se escapulir em vida. O Gigo cinzou o fogo, sim sinhô. Sabia os segredos dele, amarração. Seu Indelegado, a verdade verdadeira é que o coisa-ruim tava ali, arrodeando, num havia pra escapulir. *Nóis* aponquetado, o boi sabido. Só ele mesmo pra salvar *nóis*. Se esgueirando, prali, praqui, nas curvas que o fogo entorta... Igual às curvas tortas da vida... Sim sinhô, sem o boi num taria *nóis* aqui pra contar os tintins por tintins.

Seu Indelegado, foi aí que *nóis* viu tudo. Era mesmo o patrãozinho que tava ponhando fogo no trecho. Com nossos óios que Deus-há-de-deixar-eu-ver. O patrãozinho na camioneta dele, só tinha camburão de gasolina, e ele se esbaldava, jogava tocha no pasto, e o capim retrucava espocado de tanto calor.

Era pra espantar o povo dos sem-terra? Isto num sei dizer, não sinhô. Parece que... Bem...

Se ele viu *nóis*? Num sei não, Seu Indelegado. Tomou foi um rumo estrambótico. Entrou nas terras do Seu Faud, e veio queimando aquele mundo de seringa plantada que o homem tinha. O sinhô se alembra do castanhal do homem. E dos bacuri? Se é! Virou tudo paliteiro, queimado.

Tem mais gente que viu? Sei não, Seu Indelegado. Pra *nóis*, deve de não. Porque o menino é esperto, mais que o pai. Esperou domingo de tarde, o povo na sesta, mamado, futebol, rede, o balneário...

Quem mais sabe? Hum? O sinhô que *pregunta*, num é? O sinhô é autoridade, num é? Se o sinhô num *pregunta*, *nóis* num ia dizer do sucedido... Do Gigo, do fogaréu, ia morrer na deslembrança. A gente tem medo, medo de morrer...

Bão, o menino num tava só, não. Tinha mais um lá.

Quem é? Seu Indelegado, é pra ser uma e não um. A priminha do patrão. Certeza? Ah, Seu Indelegado, pra que é que *nóis* ia engazopar? Os dois coladinho, igual canarinho, a outra camioneta, a ruana, era dela, da pequena, sem tirar nem pôr.

O sinhô me conhece faz quanto, Seu Indelegado? Há, século, num é? E pra que eu ia praguejar meu patrãozinho? Pra que eu ia querer confusão, perder emprego, enfrentar o sinhô, o juiz, o povo com raiva de mim? Pra que morrer assim, de uma lorota só? Pobre?

Pra que? Me diga, Seu Indelegado. Tou nervoso não. É meu jeito... Agora tem dois querendo me matar. Seu Indelegado sabe, capanga pro serviço tem mais que peão trabalhador. O sinhô num conhece lá o havido com o menino que desapareceu? Foi o moleque jogar a bola na janela do homem e nunca mais se soube dele. Tem dó de criança não!

Raiva não, Seu Indelegado! Tou é azoado, vou ter que sumir, só pra num me matar, trocar de nome, de estado. Se o sinhô me prender, babau! Lício foi embora hoje cedo, deixou tudinho no quarto. Seu Indelegado, aqui no Marabá-de-meu-Deus num tem lugar pra mim não. Me solta, Seu Indelegado, pela amizade antiga que o sinhô tem pra minha família. Tá vendo lágrima gotejando? É medo, Seu Indelegado, medo do meu medo!

Pra onde que eu vou? Apois, dou meus jeitos. Sim, claro, Seu Indelegado, mandar recado, no código secreto, tá combinado. E as galinha? Quem vai pagar? Nego não, Seu Indelegado, foi muita gente mesmo que viu eu carregando um magote delas. Tinha picota também, sim sinhô, nego não! Esconder, pra que? Tava tudo assada, as pena queimada, dei foi pros vizinhos. Sinhô sabe, desde moleque como bicho não, tenho é dó deles. Vender também num vendo. É pra sair, é? Vou ter que pagar, então? Quanto é? Pela nossa benquerença, pago.

Indêis

— Cumade!
— Que é?
— Tô precisada...
— Precisada de qué?
— De indêis! Ara...
— Ah, vá! Tava carculando que era de hómi memo...
— Hum, que quar! Homi é... Dá trabáio!
— De-mais...
— E as galinha?
— Galinha agente põe pra fora. Chispa c'um elas. Torce pescoço.
— E, hômi, agente num chispe, também?
— E o pescoço, duro que só...

A Catarininha ouviu aquela "conversa-de-vó", ali, no cantim dela, acocorada, sem bulir com nada, quietim, quietim. Tava mais que curiosa. Se indagava — o que seria a tal da indêis? De fininho, saiu pela janela da cozinha, varou o quintal da vó, desatou a correr pelo da tia, e assim foi, de casa em casa. Chegou na Tia Inêis, que tava no maior trelelé mais a cumade dela, e foi logo atropelando.

— Tia! Ó tia, s'bênção, tia. Pódesse entrá?

— Deus te abençoe, Catarinha, pode-se sim, minha filhadinha, pra ti tá sempre aberta a cancelinha. Só aparecê!

— Ó tia, que é indêis que a vó tá falano lá com a cumade dela?

— Ah, senta aqui minha afilhada. É coisa séria. Será que tu tens idade pra entendê?

— Mas, quando, tia, tou é com nove aninhos!

— Bão, vai ter que completar doze primaverinhas pra mode eu te contá.

— Aquando, tia...

Emburrada, a Catarinha, como gostava de ser chamada, saiu batendo o pé, nem agradeceu, nem deu suas boas tardes. Esqueceu de pedir benção. Pudera! Pensou. Nada havéra de agradecer. E emburrada se foi pra casa da outra tia, arrastando os pés pr'a poeira empoeirá de pó o pátio da tia.

Só de réiva! Na Tia Mimosinha eu me logro toda! E, é, porque é que a Mimosinha era a que mais gostava dela e que tudo neste mundo é que é gostar. Se é!

— Tiá, miá benção? Me dá licença?

— Todinha, minha frô! Deus te abençoe! E teus anjinhos te guardem, no sempre por vir.

— Tiá, eu tava ali, no meu cantim, quietim, e ouvi, fui sem querê, viu, num tava de espreita não, conversa da vózinha mais a cumádinha dela.

— Ah, a Nely. Boa menina a Nely, meio despirocada, mas deu uma véinha a mais da simpática. De vez em quando dá na veneta. Se escapole pro mato, pra comê erva, fica lá, a boca verde, mas é amiúdo, nem estorva ninguém não.

— Pois, tia, a vózinha falou prela que tává precisada de uma indêis! Que é que é que é uma indêis, ô, tiá? Eu fui mor de entendê lá na casa da Tia Inêis, e ela nem num quis me contá. De jeito maneira. Diz que sou novinha demais pra sabê.

— Ah, entendi, minha frô! Tua Tia Inêis tá recoberta de razão. Tá muito cedo pra tu saberes de muita coisa. É sobejo pra ti, miúda, mundo por demais de grande...

Novamente, Catarinha desatou a correr, mais enfezada ainda. A bagualinha, mordendo os freios, as pernas fininhas qual gambitos, bem durinhas no chão, pra mode ademonstrar desgostosura. Tia Mimosinha bem sabia: — A menina tem a alma apoquentada!

Catarinha pensou, pensou e se alembrou do Ricardim, seu priminho. Um pouco mais velho, doze anos completados. Seguro que contaria a ela, ainda que no reservado muito deles. Porque Ricardim e ela trocavam lá os seus segredinhos e se novidavam pra contar um proutro quando havia algo novato.

O sol vinha quarando o vale, rescaldando, um calorão de amolecer pensamento; mesmo assim, a Catarinha subia a rua num carreirão, caçando a casa do Ricardim; e, sem bater as palmas de praxe, foi logo entrando. O Fio-fio, cachorrinho do Ricardim, um vira-lata molambento, que vivia sujo de lama, fez festinha e pulou em seu vestidinho engomado. Ela o afastou carinhosamente e correu pra varanda onde a Dona Quitota se esparramava na espreguiçadeira. Se abanava esbaforida, o leque rapidola. No colo, a revista. As palavras-cruzadas tomavam-lhe as horas boas do dia.

— Dona Quitótinha, a bença, mia tia.
— Bençe, princesinha. Tá precurando o Cardinho? Tá pralí, enchouriçando o tal do poninho que ganhou.
— Tá, bão, tia, muito agradecida, viu.

Catarinha sabia o caminho. Traspassou voando pela sala, furou a cozinha e se destrambelhou pro quintal, onde sobrevivia um puxadinho a mode cocheira, naquela zoeira de moscas. Estava feliz em encontrar o priminho, crente que resolveria o enigma. O indêis não saía de sua cabeça. Repetia aquilo pra não esquecer... indêis, indêis, indêis... Tinha medo que fosse algo indecente e o Cardinho também não quisesse falar. Mas não esperou ele se voltar pra ela pra perguntar.

— Ô Cardinho, que é que é indêis?

— Endês? Indês? Deve de ser, né, Catrinha?

— Pra mode que deve. Pois, que é que é, então?

— Ah, por que tu qué sabê?

— Nada de ninguém querê me contá. A minha tia Mimosinha, a tia Inêis... Ninguemzinho pra falá.

— Ah, tá. E pra que eu é que vou te contá? Que que eu ganho com isto?

— Pra quê sim! *Nóis* num semo amigo, primo, quasirmão?

— Tá bão. Tá vendo ali, aquela galinha mais sororoquinha, dando os pulinho dela. Ela é de fora, não é daqui, mas como é poedeira táqui, pra mode'nsina as demais.

— Só isto! Então a vózinha tava dizendo que tava na precisão de uma galinha pra mode'nsiná as outra a botar ovo?

— Tudo isto, sem tirar nem pôr...

Catarinha nem esperou o primo terminar a frase. Virou a fuça pra casa e se foi, desembestada. Tava resolvido o anigma. Agora era protestar a preguiça das tias pra lhe contar coisa tão do corriqueiro. Primeiro, voltou na Mimosinha, que já tava na Inêis nesta hora. Quem retrucou foi a Mimosinha.

— Tia, a senhora com tanto segredo pra mim, tua afilhadinha? Que papelão!

— Ah, tu tá falano da indês? Pra tu saberes, de verdade, quando tinha tua idade fiz a mesma pergunta pra tua avó. Quéde ela me arrespondê. Rodeou, rodeou e se foi, no silêncio. Eu indaguei pra todo mundo. Ninguém me falou. Demorei uns quantos anos pra descobrir. Adespois, pra quê mesmo que tu queres saber?

— Pra sabê, ué? Num foi a senhora que me ensinou que menina tem que sabê de um tudo?

— Ah, mardade com a menina, maninha. Larga desta lorota marota. Viu, frôzinha, quando tinha a tua idade, eu mais ela, ela sabia e num contou foi pra ninguém. Só pra mangá da gente. Mais, Mimosinha, tu não te alembras que nossa mãezinha fez igualzinho, essa fissura toda? Tu eras muito lesinha, mana!

— Ah, eu lembro sim, deixa a menina ficar curiosa. O que é o mundo bão si não tiver a tar da curiosidade?

Estive ontem com ela

E ela me disse. Só escrevo com álcool. A dengosa, insistiu, na maior naturalidade. Cerveja? Perguntei. Não, pra que? Dá alergia, principalmente as daqui de Belém. Pinicam tudo, vão espocando a pele naquele ardor... Não sei o que colocam lá... Explicou-me, esfregando rapidamente as mãos nos braços. Verdade, isto lhe dá comichões enormes, fica se coçando pela casa, qual um cãozinho, que deixa as marcas de sua gordura na parede branca.

Quando perguntei por que estudava Ciência da Sociedade, deixou de lado o trelelé em que a gente vinha na gastura do tempo e me olhou bruscamente. Duríssima. Fuzilante. Finalmente, pensei, agora ela entrega os pontos. Não pra me acusar, mais pra me enfrentar, assim parecia.

Falou ríspida. Olha bem, viu. Estes aí, estes que se acham. Hum. In-te-le-qui-tu-ais... Teus comparsas, doutor disto, pós--doutor daquilo, vice-disto, parece aquela nobreza dos títulos, comendador de qualquer porcaria... E, falido, por fora, bela viola, por dentro, pão bolorento... E, eu, eihn? Escória, gente rasa, povinho amargurado.

Esses aí, é que é, falam da Amazônia, do campesinato, da tragédia dos últimos cinquenta anos. Dizem que são a geração espoliada. Estes governantes ditadores... No fundo, tu queres saber? Nem entendem o que dizem. Não sentem isto aqui ó, tá vendo minha pele, a cicatriz aqui, ó? Pois é, não viveram, só assistiram filmes em festivais, no ar condicionado. Indignados? Nem saíram da cadeira... São leitores-papagaios, rádios-de-poste, os famosos vira-bostas, vão rolando a sua mediocridade pela vida. Trocam favores entre amigos pra se manterem nesta mornidão infernal. *Assim, porque és morno, e não és frio nem quente, vomitar-te-ei da minha boca.*

Só porque ouviram umas palestras, marmanjões que soltam perdigoto em ti, gente aí, do Rio, São Paulo, Brasília... Dizem que leram artigo científico *indequiçado* e se acham. Protesto na internet é o que sabem, mais nada. O que tem de diferente do chá beneficente da minha avó? Me diga? Ficam ali, ó, na rede social, num desgrudam daquele aparelhinho... Ah, reunião em bar! Não sei onde vivem, deve ser no mundo da Lua, porque, na Amazônia, aqui, ó, na minha pele, é que não é! Quando acuados correm logo pra casinha da mamãe, vão pra frente do computador...

Tá cheio aí de sabichudo, o pai é vereador, amigo do homem, e já garantiu uma ponta pro filho ali no TCM. Na Assembleia, então, aquilo é uma mãe! Só porque a teteia da Marina é issozinho na Secretaria do Bem-Estar, que é amiga da fulana que é a tal, a que manda e, pronto, já agarante um leitinho pras crianças. Ostentação por um nadinha.

Ri-dí-cu-lo. Soletrou, com raiva, bateu os dois pés, e aquele ridículo martelou duramente. E se calou. Olhou pra fora, a baía já se apresentava na sua formosura, as margens cada vez mais distantes, a água naquele banzeiro de viração de maré, e a vida prosseguia, rumo ao próximo canal.

O barco escolhia as ondas pra se enfiar, e eu me agarrava na borda. Batia, esbordoava sem perdão aquela água tão dura. Desacostumado, cacei alguém que estivesse preocupado como eu... Mas, quando! Olhei, disfarçadamente, pra proa, pra popa. Contei os salva-vidas, o número de passageiros. Se esta gente tá cochilando, adivinhando palavras cruzadas, fazendo lição da escola, é porque este bote deve ser seguro.

Puxei conversa pra ter certeza. Isto aqui é... balança, mas num afunda, né? É mesmo de confiança? Hum! Ela respondeu, olhando pro alto. O galeguinho agora tá com medo? Ah, já sei, o especialista em Amazônia nunca tinha andado numzinho deste, num legítimo pô-pô-pô! Só em filme, é... Cansando as poltronas e as pipocas...

Não, não. Reagi bobamente, ao invés de me calar. E ela pôs sua mão sobre a minha. Esta gente aí, do povo, gente de verdade. Os que sabem, estes, eles compadecem, no osso, sem retórica, sem artimanhas, os cacoetes e as palavras inzoneiras. Eles sim. Sabem o que é a Amazônia. Vivem a Amazônia, o calor, a chuva, a maré, a mata, os desmandos, o caos social, o abandono, os ônibus, a saúde, a roubalheira descarada, os piratas, a violência. Todos os dias, todas as horas. Sabem que estarão aqui, amanhã cedo, daqui a um mês, haja o que houver. Que jeito?

Pros teus isto é folclórico. Bonitinho. Cultural! Emocionante, uma aventura! Pra eles... É a vida deles. Tá vendo algum apoquentado? Então, te acalma. Nem a menina ali, estudante em Icoaraci, e que deve pegar este barco desde jitinha, nem ela se importa se a maré grande... Pra que? O que vai mudar? Muda se ela perder o barco, se ficar na Praia do Vai-Quem-Quer a semana toda, o mês todo, namorando, vendendo salgado, ao invés de estudar. Muda se ela cair na conversa de um forasteiro e depois for rejeitada... A barriga crescendo, a vida no redemoinho. Isto sim, muda, muda tudo. A vida dela, da sua família, pra sempre. E, principalmente, tu bem sabes, pra menina! Menina tem que se esforçar mais! Vê se te acorda, seu cara de pupunha!

Resolvi me calar, sem saber o que significava aquilo — cara de pupunha? A Áurea estava briosa, mas senhora de si. As faces ainda mais coradas, seu discurso inflamado. Os dedos finos dela agora buscavam os meus, entrelaçando, como a me dar força, mas havia carinho naquele gesto, algo novo. Aquela garota que conhecera no congresso estudantil anos atrás, era bem mais decidida que eu. Eu adotava aquele discurso aquarela, natural, que vendia, a imagem do sucesso... Sabia, isto era só mais tempo de leitura, nada mais. Me senti uma farsa!

Tu és só um moço que já tá velho, Zequinha. Tu devias vir pra cá, ver o que é a Amazônia. Tou cansado de ler o besteirol que tu escreves. Resenha da resenha da resenha. Perde teu tempo não, ele é precioso demais. Sabe o que é. Tu és ridículo. Este foi o recado que postou na internet. Que todo mundo leu... Demorei uns muitos dias pra deglutir aquele comunicado. Doeu a valer. Me deixou perplexo. Procurei-a, timidamente, uma mensagem privada. Uns bons dias depois. Mas aqui estou, sempre respondo pra ela, tentando ser humilde e ela com patadas...

Pra mim, caiu o mundo quando ela me lancetou. Pensei como responder. Ainda bem que não me decidia. Deixei o pau cantar. E como! Foi comentário de tudo que é jeito. Até minha mãe, que me vigiava escondida, apareceu pra me criticar. Está vendo, meu filho. Precisa estudar mais.

Magoou.

A minha resposta foi o número de meu vôo, o dia da chegada. A tua, curta. Eras, já vens tarde. Que venhas! Que bom.

Eu gostei da resposta. Me dava esperança. Pelo menos, parecia reconhecer o meu esforço. Mas, ali no barco, abrindo caminho na Baía do Guajará, mesmo ali bem pertinho, percebia que as minhas teorias sobre a Amazônia, a invasão do capital na última floresta do planeta, a manipulação pelos meios de comunicação de massa sobre as populações nativas, o coitadismo, os políticos vendilhões mancomunados com falsos empresários, a destruição total pelo gado e o Brasil, uma grande churrascada.

O esforço pra deixar o povo sem educação de qualidade... Bom, tudo aquilo parecia meio... Piegas, óbvio demais, simplista.

Não que estas questões, aos poucos, perdessem o sentido, se dissolvessem naquele mundo de água. A realidade se mostrava mais... opulenta. Isto, tudo que escrevemos não explica, nem o trecho de rio que cruzávamos naquela manhã, nem as grandes nuvens a se prepararem para a tempestade, ventos abusados e cores fortes e, principalmente, a vida daquelas pessoas naquele barco, milagrosamente flutuando.

Desde este meu primeiro momento em Belém, as minhas teorias seguiam, literalmente, água abaixo. A voz dos intelectuais — como ela me vergastava — empobrecia tudo. Classificar, teorizar, inventar correlações. Grotesco! Enquadrava em frases apertadas e corroídas e as desmanchava imediatamente. Desisti...

De fato, gostava imenso de fitar Áurea me cutucando. Um porco-espinho acuado, frechando o universo ao derredor. Admirava-a cada vez mais. Amava-a? Não sei, desejava-a, vontade de agarrá-la, ali... Amar, não sei, muito cedo... Me provocava. Escancarava uma Amazônia, aliás, a Amazônia, que eu nunca me interessara em viver. E aqui mesmo, em Belém, sem precisar buscar refúgio em lugares remotos, que exigiriam viagens extenuantes.

Tu tás vendo aquelas casas ali?

Aquela favela? Aqueles casebres? eu perguntei.

Novamente me fuzilou. Casebre pra ti, que mora num apê gostosinho, quentinho, com segurança na porta, pertinho do metrô... Com a mão tentei cobrir sua boca, ela desviou o rosto, eu fiz um sinal de paz, e ela interrompeu seus movimentos. Fiz que iria beijá-la, ela me empurrou, em sinal de protesto. Esperou que eu respondesse algo. Novamente, fiquei quieto. Covardia? Precaução? Com a bochecha fiz um sinal que não quis dizer aquilo, que lhe pedia mil perdões. Com os olhos, ela aceitou, respirando fundo, apertou minha mão, olhou-me no fundo dos olhos, e eu lhe retribuí com serenidade e atenção. Ela me soltou, seguimos sentinelas para o que o canal nos apresentava.

Bem, como eu ia dizendo, estas casas são bem adaptadas ao clima daqui. Ao tanto de chuva, às temperaturas altas, os açaizais engolindo as casas... Parecem casebres e, de fato, do ponto de vista dos confortos, da água, luz, esgoto, com certeza, têm muito a desejar. Mas são acolhedores neste calorão, e à noite entra aquela friagem por baixo da rede, que sem a manta não se dorme. Usando os conhecimentos que vocês desenvolveram lá no Sul Maravilha, dá pra torná-las seguras, com as modernidades e geringonças que este povo sofrido merece. Imediatamente, com gestos largos, concordei, sem tirar nem pôr.

Verdade. Esta é uma bandeira boa pra gente trabalhar, pesquisar o que funciona. Energia solar, água de chuva, aproveitamento de resíduos, criação de peixes... Áurea agora me ouvia com interesse. Como a me dizer. Agora estou vendo o pesquisador famoso falando algo que presta. Feliz por ter acertado alguma coisa, com cautela continuei.

Eu pensei mesmo em escrever algo, uma resenha dos melhores trabalhos sobre isto aqui. O que você acha?

Ela me olhou atravessado. Acho? Eu acho que tu deverias descer aqui, nestas casas, e conversar com estas pessoas. Perguntas tu mesmo. Não te metas a mandar aluno teu pra fazer entrevista, relatório! Pronto. Tá decidido. Tu me fizeste mudar de ideia. É jazinho que vamos baixar no trapiche, fretar uma rabetinha aqui pra este porto. Tá bonzinho? Fiz que sim com os ombros, como a dizer: que jeito? Pelo menos, outra aventura...

Agora tu vais ver o que é a Amazônia. Estes, unzinhos. Da academia, emplumados. Estão é presos na centrífuga da teoria, na máquina de lavar roupa. Eu ri. Ela perguntou. Tu não gostaste da máquina de lavar? Pelo contrário, ri porque se encaixa direitinho no meu arquétipo. Arquétipo nada, esta é a tua fantasia.

Consegui mudar o rumo da conversa. Perguntei como ela se virava pra pagar as contas. Disse que fazia uma ponta aqui, outra ali. Aulas de reforço, tradução, recepcionista de eventos, acompanhava turistas... Gostava de revisar texto. O que mais lhe interessava era pesquisa de campo, pro interior, isto sim. Se chamassem hoje, no mesmo dia estaria pronta pra ir pro mato, onde quer que fosse. A mochila tava ali no quarto, sempre arrumada, pronta pra zarpar.

Finalmente, ela se desarmou e desandou a falar que não se imaginava na academia, isto não. Nem emprego fixo. Às vezes, cobrir algum colega, mas só se fosse algo que durasse pouco. Vivia recebendo convite de gente que tá no governo. Uns parentes seus também a chamavam, um clã dono de uma prefeitura no interior. Recusava tudo.

Tu sabes, a gente vive é disto, de fazer bicos. Quem tem emprego garantido é privilegiado, é juiz, procurador, funcionário público, filho de deputado... Pra nós, os outros, sobra pouco. Tu sabes, eu me sinto como um destes vigias noturnos. Dos que dormem no serviço quando deveriam é estar em plena atenção. Aproveitam pra se trocar, ler o noticiário, ouvir televisão. Fazem de um tudo, menos vigiar. Tá mais pra vigília noturna que vigia.

Por ela, se tivesse que ser vigia, a maior parte do tempo seria pra ler.

Uma fissura, bobeira minha, me confessou. E se houvesse alguém por perto, fofocaria. Mas, por certo, o assunto terminaria logo... Mesmo assim, arrumaria qualquer coisa pra tagarelar, novela, futebol, politicagem. Ela me disse que, por sorte, sabia de tudo da novela. Mas não vê novela...

Com o futebol é a mesma coisa. Comentava com entusiasmo sobre o último jogo. Jamais foi a um estádio ou esteve à frente de uma televisão com uma partida de futebol por mais de dez minutos. E mesmo na Copa! Lê o que lhe aparece na mão. Talvez por isto seja... Seu prazer é discutir futebol sem entender patavina o que se passa, pra ver até onde o outro a tolera. Teimosia. Os jornais, agora eletrônicos, os blogs, o que for, devora-os, para cavoucar as entrelinhas, as reticências, as frases em código. Os mexericos. Gosta dos colunistas que ficam bisbilhotando. Especialmente aqueles que conhece, pois, adivinha de quem estão se raivando. Admira-se como são famosos estes colunistas. No fundo, queria ser um deles, ter este poder — de lançar polêmicas, fazer os assuntos se requentarem, demorarem por semanas, depois repescá-los e lançá-los aos tubarões.

Me conta no ouvido. Sua voz me arrepia todo: tudo que falar de gente importante me interessa.

Baba-se por nomes estrangeiros. Engraçado, disse-me, bisbilhotice sobre mulher não me atrai. Nem quis me explicar por quê. O pior. Ela me disse, voltando ao tema dos doutores aqui, de Belém, do Pará mesmo, iluminados em Amazonismesmice.

Tão mais é pra intelectuais analfabetos! Nunca leram. Outro dia mencionei Humboldt. Pasme! Ninguém sabia de quem se tratava. Ferreira Penna, que é daqui, da terra! Silêncio... Ah, um se levantou, a rua. Sim, sim, eu sei onde fica. Deve ser importante. Ela não deixou por menos. Tem muita rua com nome da amante de deputado e de mãe de vereador. É só pra agradar. Se fosse tirar da cidade a quantidade de data que nada representa e das amantes e filhas e mães de políticos, teríamos que ficar anos renomeando as ruas. Mas isto seria gostoso, muito delicioso! Arrematou, beijando-me de surpresa.

Mesmo de intelectual do Sul Maravilha. Quer ver? Guimarães Rosa — raro ouvir quem fala dele. Porque não é nome de rua, então? Costa e Silva, Getúlio Vargas, carrascos são mais fáceis de encontrar. Generais, generalíssimos... Aos montes. O problema é que as ruas não crescem. Vai-se aos bairros mais distantes, às invasões, para se nomear os maiorais. Pelo menos, ficaremos livres das amantes dos políticos atuais, porque não se nomeia vivos...

Imagine, uma rua, aqui no Comércio mesmo, homenagem a gente decente. Será que os moradores de rua iriam respeitar? E os pichadores? Escolheriam outros lugares?

E me confessou: eu só vou na casa daquele corno do vereador porque a mãe dele me respeita. Me chama de senhora. Me pergunta como eu vou, o que tenho feito. E, baixinho, quer saber o que o filho dela apronta. Eu não tenho papas na língua. Ela sabe. Víbora, me chama, silente, aprovando minha coragem, e dá aquela risadinha de escárnio e olha pra cobra criada que é o filho dela.

Ele me queria no chão, rendida. Trabalhando em seu gabinete. Mandando receitas de médicos inventados pra farmácia pra formar estoque de remédios e vender no meio a meio. Falsificando documentos, produzindo recibos, entregando dispensa de serviço em nome do hospital. Comprando nota em posto de gasolina pra ser reembolsado... A quem o procurasse, nem se preocupava se seria pego. Tudo que é especialidade da medicina... E forma aquela fila enorme em seu gabinete.

Só conseguir emprego é que ele não consegue. No máximo pralguma amante. Me quer ali, no seu cabresto. Mas é trocando favor com um deputado, um vereador. Bandalheira é com ele. Já foi secretário de meio ambiente. Autorizou o lixão naquele parque lindo. Foi de obras, de segurança, até da cultura, que é mais um prêmio de consolação, conhece tudo que é gabinete. Até lançou um livro sobre o futuro da Amazônia. E tinha gente, e como, tudo figurinha carimbada naquele mar de puxa-sacos. O coquetel que foi bom, este sim, pago pela Câmara Municipal. Dinheiro nosso, do povo.

Tu precisas ver a criatividade do vereador, inventor de despesas, gráficas, eventos, comícios, viagens... Não há governo que não o chame. É por conta dos compromissos, ele me diz. Ele pensa que estou ali, no Círio, por conta dele. Leso, lesíssimo. Eu estou ali, por tua mãe, teu ogro besta! O golpe agora é emplacar um trio de deputados estaduais, os mesmos cinco vereadores e até um federal. Como candidato a senador ele quer mesmo é ser nababo por mais oito anos. Imunidade cai bem. Ela tem plena ciência. A mãe dele conta-lhe tudo. Isto também é um motivo para que ela apareça tanto em casa. Ela fala em código: a menina é esperta. Percebe tudo. Registra de memória. Depois, em casa, transcreve pro computador e vai lá fazer suas pesquisas. Bingo. Tudo bate. O crápula está ferrado. Vai juntando os fatos pra dar o bote. Até pra se defender. Tem cópia de tudo. Já disse isto ao filho da Dona Flor. Escritor? Que mentira! Especialista em Amazônia. Agora até *Honoris Causa* deram-lhe, ou comprou, não sei. Pra ele. Pelo conhecimento sobre a região. Não para, conseguiu um cartório pro cunhado, mais uma obra pro sogro...

Quando estão juntos, e tem mais gente, ele faz questão de dizer. Era pra ela ser minha mulher. Minha namorada. Minha amante. Teve tempo pra isto. Do colégio a gente se conhece. Até nos enroscamos, mas foi um erro. Tu sabes!

E ela me contou em detalhe. Que jogava uma asa pra ela, pra conquistá-la. E ela se saía das amarrações com a frase fatal — mas quando eu conheci a tua mãe, aí... — e ele recuava. O discurso do principal seguia. São como mãe e filha — comentava — unha e carne. Nem preciso me casar pra ela estar em casa. Ela é o meu problema. Tu entendes? Eu não posso. Ela sabe de tudo.

Olhei pra fora, o marinheiro na proa já soltava a corda pro outro no trapiche. Ela me fitou, alegre e despreocupada. Tá vendo, galeguinho, a história da Amazônia é esta, esta bandalheira. O resto, tu ficas com o resto, com este verde, os macacos, o que tu quiseres pra impressionar a paulistada...

Rol de mudança

Necessário mesmo, não, não era. Querias vir? Não entendi desta maneira, em nenhum momento demonstraste interesse. Como já passou, sem demora, optastes logo a marcar uma data. Apressado! Aliás, bem antes do prazo de praxe. Afinal, para ti apenas um rito de passagem, né?

Tudo que estava ali me dizia respeito, tu bem sabes... Não me venhas cobrar pelo que não fiz. Tu, por que não? Preferiste ficar aí, o reizinho, dando ordens. Bem sabes... De alguma maneira, cada objeto naquela casa me diz algo. Ou de vovó, papai... Mas, pra ti, nunca fez diferença. Tu bem... Do teu jeito, sempre do teu jeito...

Aliás, pra teu governo, o que ficou na casa, estas quinquilharias, como tu gostas de tachar as coisas, as minhas memórias, não estão no inventário. Quero dizer: no nosso inventário, não é só pra ti, viste? Somos três! Três irmãos.

Sim, é muita tralha, coisa velha, bugiganga, tareco... Chame do jeito que... Como queiras, ora! Eu tinha absoluta certeza que enviarias este rol de trastes, lista enorme, antes mesmo que nos visitasses — as nossas bufarinhas. Quero te dizer... Inútil seguir, sim, a tua lista; como dizes... Queres que eu, por telefone mesmo, confirme o estado de cada objeto? Pra que? Para adicionares ao inventário? Impossível! Será que tu não percebes o ridículo disto tudo?

E, depois, tu exiges que defina um valor a cada item. Bem, pra que, mesmo? Pra que, ao final, esta trambolheira valha mais que o chalé? É este teu interesse, tomar em definitivo o que tu já surrupiaste há anos? O chalé, a tua chave, bem, deixa pra lá...

Tu queres dar valor onde nada há, senão o lastro da memória das coisas que nos restam nos baús, em malas velhas, no quarto de despejo. Jurei não me importar com isto, nem com o jeito que nos trata. Quero te dizer e, com todas as letras, por mim, podes tocar fogo no que... Sim. Fiquei doente, e daí? E por que? Porque quando vi aquele retrato do Getúlio Vargas eu tive a plena certeza que tu só escolherias pra nós estas merrecas inúteis.

Pra ti, que não prestas atenção, as coisas se findam e depois se despejam... Pra mim é tanta história, tantas lembranças que papai contou de cada objeto. E, depois, tem o vovô e a vovó. Tem mais, é que a gente viveu ali, tu não. Tu não passaste naquela casa mais que cinco anos e isto se somadas as diversas vezes em que, como tu dizes, mesmo? Ah, perdeste o tempo ali de tua vida. Foste só nas férias e mais nada.

Quando seria a tua vez, quando tu deverias estar ali, a caderneta na mão, em cima do brete, contando os bois, fugiste pra Ourinhos, pra estudar, o que mesmo? Acho que nem tu te lembras! Foste atrás das outras, da farra, só estudar é que não... E, agora, esta estória que esta lista de coisas velhas é o que há de importante!

Sim, tem muito mais que este impresso de segunda classe do Getúlio. O que tem mais? É, o quadro com as medalhas dos cavalos. Porta retratos? Tu te lembras? Claro, não havia fotos neles, principalmente da família. Havia prêmios de carneiros, cavalos, bois... São troféus sem valor. Queres saber? Não vou detalhar o que ainda ficou aqui, terás que ver com os teus olhos.

E as fotos de gente, ninguém sabia de quem se tratava. Recordo bem de uma colorida, ou descolorida, pois tomara tanto sol. O que se via era um pequeno homem afundado em um arreio, enorme o pelego de carneiro. Talvez por ser baixo o cavalo parecesse maior, mas era dos mais comuns, o teu pangaré, como dizias. Seu garbo possivelmente residisse na beleza do dia, do lugar, o nosso sítio, o nosso canto, o nosso caramanchão, sempre em flor. Primavera, sim, isto mesmo!

E as botas, os calçadores de madeira, te recordas? Até os joelhos... O laço? Sim, um comprido, e quantas voltas, sempre apostávamos pra adivinhar o tamanho dele? Do laço! Sim, laço de couro de veado.

Este assunto, em casa, ah, sempre tabu. Já te ocorreu que entre nós foi assim a vida toda? Papai proibia tratar de herança, enfim, do que quer que pudesse gerar desavenças. E estamos aí, escarniçando-nos diante dos cacarecos, cada qual em seu canto, encastelado.

Sequer consigo ler o que tu arrolaste lá na casa e... Me vens aí, infernizante! Tu já sentenciaste: nada presta! Então, porque te irritas quando juro que não há como valorar cada treco...

Posso falar? Resolvi escrever-te porque, assim, tu, talvez, ainda me leias. Será? Tu queres saber, mesmo? Pois, então. Vai lá: o que verdadeiramente me altera é porque perdemos tudo. Ficou só o que ninguém quer. Pronto, falei. Vão se as tropas, as terras, ficam as cangalhas...

Tu, sempre, de vítima. A verdadeira vítima, vejas tu, seria Vovó Matilde. Ela, sim, suportou calada os desmandos do Vovô Aníbal. Ele tinha uma nova ideia a cada momento. Quantas vezes mudaram-se de casa? Mudar, isto mesmo ou, como queiras entender, ficar muda e seguir o marido, resignada. Aguentar dias em caminhão onde não havia estrada, cada vez mais adiante, devastando o sertão. Desbravador? Quem? Morando embaixo de lona, cozinhando praquele bando de homens. Sozinha no mundo. Voltava, magra, jururu, injuriada.

Disto tu não te recordas. Nem que sempre tiveste a preferência dela, dele, da parentaiada. Escolhias o melhor cavalo, o primeiro aparte, a ponta de gado, eras o bam-bam-bam. Eu e José, reparando tua euforia, de bico fechado. Quando houve a partilha da Tia Sônia, tu e a primazia... Até hoje nem sei bem por que. Acho que éramos muito novos. Fomos ignorados? Esta a desculpa esfarrapada que nos deram, e anos depois... Tu tinhas dezoito, nós, catorze e quinze. Menores portanto. Agora, cinquenta anos depois, tu não percebes?

Pra que reviver esta história? Bom, é melhor que tu saibas — esta é a nossa história, a única que temos em comum!

Estás nervoso? Pouca diferença faz agora. Há algo bem mais importante na mesa. Se estivesses aqui no último dia, acho que dificilmente suportarias a velhacaria dos irmãos do Vovô Aníbal. Ainda que o valor do negócio resumisse em reses, campos, florestas e estoques de grãos, de um dia pra noite, parece que tudo desapareceu. Foi vovô dar com as botas e aquele curral se esvaziou, o armazém foi pilhado na mesma noite, colheram o café, tiraram as toras do mato, o povinho sumiu com o que podia. Pra nós, se tu queres saber, restaram, sim, estes cacarecos. A casa? Sim, claro, e porque não dava pra levar nas costas. Ah, as ruínas ficaram, as velhas histórias, os empregados aposentados que moravam de favor e que, como nós, também esperavam algum agrado do vovô e, agora, voltavam-se para nós em súplica. Hoje mora muita gente lá, nem há como vender aquilo, tu bem sabes. Tu queres que eu continue ou virás aqui para se despedir desta casa, de nós do que foi tão...

Rebuscada

Rebuscada, ah sim, pra teu governo, segue prato típico daqui, do Pantanal, Alto Pantanal, a bem dizer, já escalando a serra. Sim, Ricardo Franco... Tu encontras lá também, deixa-me ver, lá pro Norte. Sim, no rumo do Jauru. E eu ouvi também falar dele bem pra dentro do Taquari, foi sim! E, tu, já o provaste?

E é! Quando chega gente aqui em casa, tu bem sabes, o jeito é preparar a rebuscada. E isto quando se carece de algo substancioso, inda mais se é para um fulano que vem do longe, tropeiro, viajante, desconhecido ou um desaparecido como tu. Juntam-se as sobras de feijão, arroz, as misturas, mete-se-lhe a farinha, da grossa, que fica melhor e se arreúne os temperos, da horta mesmo, os cheiros. Há frescos, bem no finalzinho se os espalha por cima, aspergidos, quando a maçaroca borbulhar.

A farinha? A de guerra mesmo, a mais sadia e desenfastiada. Tem gente antiga que fala: — Farinha-de-pau!

Se não houver da grossa, que *seje* a bolacha pantaneira desmilinguida. Beiju? Ahá, se é, e é bom! Na necessidade, que *seje* a macaxeira cozida. Se é da mansa? E tem outra? Banana graúda, pacovã madura, da boa, dá o tal do toque. Dize que na Bolívia se usa banana verde. Também, só ao final, com o fogo quase desalumiado... Justo, fogão de lenha, sim sinhô! No tempo dele, paciencioso...

Depois que saiu na televisão, parece que foi sim, e como vem gente aqui a inquirir! O segredo, mesmo? É pra contar? É simples, a garapa bem grossa. Um gole dela praquele gostim adocicado. Mel de cana serve, é mais concentrado. Parece-que na Colômbia se chama panela. Engraçado, nome de comida ser de recipiente, tralha de cozinha, num é?

O ó do borogodó é mexer muito, de dar canseira, o tal do suador, até se empastar num grude só, a tal da maçaroca que eu comentei indagorinha. Sustancioso! É prato de respeito, e pra comer é quente. Depois é a matalotagem. Gente vem de longe pra provar! E há quem leve pra casa em marmiteira, nem que escondidamente. A mãe é boa nisto, sempre foi. Igual ela só a bisa. Receita de família? Se é, é! Deve ter vindo na guaiaca dos antigos, os que subiram o Paraguaizão! Tu sabias disto, não? Pois, sim.

No tempo antigo, e nem a bisa se entendia por gente, o que havéra de comer era o que se aprendia com os canoeiros, gente de luta estes Paiaguá! Tanto do lado deles, dos paraguaios, bolivianos, como do nosso, brasileiros, aquela tropelia, a água fervendo no remo. O desespero por encontrar comida. Ouro era fácil, comer, não.

E rapidinho se aprendia a enganar a fome. Quem não conhecia umas palavras lá deles, comia gato por lebre. Embi'u... pirá... Iche, nem sei direito. Pior, mesmo, ficar sem boia.

Ah, se juntava a bocaiúva, também? Claro, no tempo dela, aquela fartura. A farinha dela, boa demais, sequinha, então... Com a bocaiúva a rebuscada fica de um jeito que só aqui, da cor alaranjada, linda.

Já, sim sinhô! Ouvi gente que diz do nome, rebuscada, pra explicar o tempo brusco, invernoso, o tropel de nuvens, tempestade. Verdade, pura verdade, no ai-meu-deus-nos-acuda, o povo se alembra de clamar pelo nome — evém ela, a rebuscada! Só cú de nuvem, encapelada, igualinho onda gigante solta na Baía, xucra, desarrumando o céu. Ofendido? Adesculpa, num tem outra palavra pra cú-de-nuvem. Ah, tem?

E mais que nuvem, ventania desesperada, arrepeiando o couro da gente toda. O gado, de costas pra chuva, esperando o dano, só mesmo de revestrés.

Eu vi boi voar na rebuscada grande. No pé de rebuscada ninguém não fica, tem que se entocar, caçar vala, um castro que seja. Vi sim, sinhô, testemunhado, tem sim! Foi aqui no Corguinho, ali, ó, lá, pra beira, aí mesmo... O rabo de vento pegou foi eito grande, carpiu uma tarefa de árvore, pra mais de cinquenta. É, das grandes, aroeira do tempo da guerra. Eu contei, as árvores ainda assustadas, arrancadas inteirinhas, deitadas igual cocho, eu vi, tudinho no chão. Quebrou foi bastante telhado. Cercas, então? As ventas da tempestade, a tal da rebuscada, na desgrameira, arrebentado o arame... tau! Um furdunço é que é. Foi, sim sinhô.

Tem também umas gentes, morador de longe, entende rebuscada como coisa de café, o café na flor, clareando. Só perfume. Tem que ficar no alerta. Cada povo dá jeito de inventar significação. Sabedoria, toda palavra antiga tem... Assim é se lhe parece, dizia o falecido pai. Seguro que tirou de um letrado grande. E, pra agarantir o segredim das palavras num se pode sovinar... Tem que se refestelar nelas, as palavras vividas, meladas na boca de tanto uso. Abusar delas, polvilhar o que têm de bom em cima do bom que a vida tem.

O que não pode é esconder as palavras. Já arreparou que se tapar o buraco do pau é confusão garantida? Pois é, o mandorová tá lá, quietinho, no bem bão dele, no escurim do breu, na manha, e vem lá um estrupício, fecha-lhe a porta. Apois, ele tem direito de escapulir! Se tem! Só zangado num basta!

Com palavra é igualinho, tem que deixar as palavras soltas, campeando seu lugar. Querendo ir que se vá, pronde for! Que *seje*!

Tem gente que tem jeito pra comércio, pra contador, pro que for. Eu já não me entendo jeitoso, não. Sou-me é afeiçoado, chegadinho em palavra, me amaneiro com elas, semprevivo, qualinho a frô, sim sinhô, convivo e semprevivo, num é igual e tão igual que é diferente? Bem, bem com elas me arranjo, escanteio uma palavra pra cá, caborteio outra, e me vou, bem demais, todos os dias. Tou aqui, quieto, no meu buraco, eu o mandorová, amoitadinho. E vem logo o sinhô tapar o meu sol?

Se é!

Ah, não, num veio me desacorçoar? Não. Então me adesculpe, entendi foi errado, num foi pra ofender, arrepare não, é o silêncio meu que me esturra palavras e aleivosias. Entupir o escape do mandorová é igualinho impedir a gente de pensar, de domesticar as palavras. Já viu vaca brava, tem que acalmar pra tirar leite.

Dito e feito. Crau!

Vem aquela mordida doída quando a gente se encosta em toco de aroeira e... Fica um par de minutos se lamentando porque é que se abestou e tapou o buraco do pobre do mandorová. Nem benzeção disminui a tanta dor! É como arraia, só que da miúda, água quente, mijo serve, o que der, mas tem que se aligeirar.

Mandruvá é que sabe do mundo. É moleque de recado, de uma planta pra outra, de uma maracujá-guaçú prum maracujaí. Pra mim, aprendido com vovô, treinado em engambelar mandrová, melhor acorrentar as patinhas dele com fiozinho de costura... Ah, isto eu não conto pra ninguém, nem pra ti!

Passarinho? Ah, sim, aqui é que sei o que é que sei. Imitar o que for, de jaó a anhuma, coleirinha, sabiá. Tem mais bonita que a caldinho-de-feijão? E pra matar os incêndios eu é que chamo a fogo-apagou!

Vou é te contar a minha arte mais os periquitos. Jura? Vovô que num sabia onde inventar tanta arte, ah, ele é que dizia, e hoje a gente repete... E terminava muita frase assim — porque é coisa só de moleque!

Pra ele nunca, nunquinha, quem não fosse moleque, malazarteiro, tinha que saber pelo menos a primeira parte destas artes. As artes verdadeiras. Foi sim, não fui eu não sinhô, num grila comigo não! Foi vovô, ele que dizia. Falava pra gente inchar o peito, bem assim, ó! Que menino tinha que fazer todo tipo de arte, depois era mais é... Que devia de ensinar menino pequeno pra mode aperpetuar as sabedorias dos antigos.

E periquito então? O sinhô sabe que periquito periquiteia? Pois é, e só o necessário! Repetia vovô, ares de mistérios. Ensinava. É apanhar pelo menos umzinho deles, qualquer. Este vem e chama o bando, que logo aparece, algazarra desesperada. Daí é só escolher. Eu fico com um, dois, no máximo três. Pra mó de criar. Periquito, de pequenininho fica m*ansim* que só, curuminzando a gente! Vem no dedo. No mais, é comichão. Morder mesmo num morde, belisca, faz que não faz. Pra tascar bicada funda tem que ser muito malino. E aí, é merecido! Bicar? E, como! As quantas marquinhas no apolegado? Tal e qual te contei do mandruvá.

Eu me lembro das mãos do vovô imitando a periquitaiada destrambelhada, cruzando os ares e indo prali, descansar no carandazal. Depois veio a tal da modernização — eletricidade, televisão —, a periquitaiada foi é gostar da parabólica, poste de luz, telhado alto. É a tal da antena paranóica, como o Zé-dito, o retireiro, chamava. Tava ali era pra infernizar a gente, mudar costume, de cabeça pra baixo... Repetia.

Saudade dele, sô... Do vovô: — Pois é, meu netinho, o periquito é testemunho de posse, demarcador de chão. Sabe distância, divisa tudo que há! Sempre se averdadeira, diz o rumo, se é pro norte, se é pronde for, ele se bussoleia pra onde desejar. A gente segue, difícil de acompanhar... Mourão mais alto que o pau santo e o capitão. O periquito tá ali, demarcando o futuro do mundo. Eu achava aquilo lindo, misterioso, força da natureza, assim que aprendi, visse! Naquela idade o baralhado, seguia meu vovô e o Zé-dito nas desexplicações. Tão complicados os mais simples explicares que eu me enredava nas ruminações. E eu, já nem mais atinava o que seria certo, errado. Deserrado, sim sinhô. Deserrado mesmo, é quando tu chegas onde tem que chegar e nunca foi que deschegou!

Me falavam, de propósito! Isto me encantava, me enarravam, carregando nas tintas, tortuosando dificuldades pra que me embaralhasse! De propósito. Este prazer, de flutuar nas incertezas, ah, quantas vezes... Nem queria que me desnovelassem da cogitação. Até quero te confessar, ainda estou confundido em muita coisa... Porque não quero me desconjecturar! Quero viver assim, me apalavreando e me desperdendo. O sinhô me entende? Aprendi com o Manoel de Barros. Êita homem inteligente, por demais.

Ficava ali, parado na sela, desorientando o cavalo, ataviado que só. Pois é, desmontada, a vida não tem graça, aprumava-me pasmado, ouvindo ele, o Zé-dito, os fazendeiros, os peões, os aboios, as verdades presentes e futuras.

Pra mim, de tudo que aprendi, e foi ele próprio que me confessou, no vozeirão grosso: — Rebuscada, mesmo, uma dança! Dança pra se juntar o par, bem juntinho mesmo, mas um tá ali pra desafiar o outro com palavras, quase pouco se movimenta com os pés. É dança de gente daqui, de caboclo, tu queres mesmo desaprender?

Falou definitivo.

O Zé-dito me ensina em Guarani, os olhos esbugalhados, como pra me meter medo. Eu estimo, sou Guarani, sou Paiaguá. E Zé-dito vertia lágrimas. Eu o abraçava, sem decifrar a sua emoção. Eu tinha quanto? Nove anos? Dez, se quando...

Ouvia-se muito: — E lá vem Zé-dito com as suas desembrulhações!

Eu me prefiro assim, encardido, *inté* na conta. Faz hora, a cabeça freve, é problema demais. Num deixo problema algum me pegar, eu ponho logo pra fora. Fico *inté* brabo, espoleteio, chucho quem me vem por perto. Jogo fora, do tamanhão que o problema for. Vem e vai, igual nuvem rebuscada.

— Tá vendo, rebuscada é coisa que vem na vida da gente. Quando tou assim, fico tremelicante, até mato cachorro a grito. Ai do pé-duro que me passa na frente, inda mais se for cafumango. Mas... passa logo, viro um cordeirinho de manso, é só ver! É a rebuscada influída que me toma, meu corpo possuído.

E seguia lenga-lengando desesperado: — Tem que temer Deus! Quem for escoteiro que se vire. Tem que ser o mais caçador de *nóis* tudo! O mais pirilampado, chupador de ovo, brigador! Mas todo mundo gosta de quando é quando, e tudo que é tudo. O mundo é uma bola só.

Eu ficava numa alegria imensa diante deste Zé-dito, o mais desenfrenado, um pantólogo. O incrível é que me recordava de cada palavra das quantas que ele verborragia. E até hoje vejo--o em minha frente na logorreia, aprontando aqueles discursos que fazia pra mim, eu molequinho, acocorado diante do homão, peão sem peias, as bombachas imensas, asas para suas grandes pernas de cavaleiro nascido em cima de cavalo. Praqueles vaqueiros ardilosos e sem liames, Zé-dito era mestre, mestre dos campos, sem preço...

Pra tu veres. O tempo, ele, se passa, e como e, eu, enleado... Zé-dito se foi, sem deixar paradeiro. Pra quem vou falar dele? Pra ti, que não o conheceste? Que é que te interessa isto? E umas duas, três dezenas de anos vieram, sem sossego. E nós, sempre unidos, vivendo os três pertinho um do outro. As famílias no Pantanal, dali pra Serra, e passada a chuva, baixadas as águas, da Serra pra beira d'água, e pronde houvesse terra pra arrendar, e assim foi, e quantos anos!

Agora tu chegas com as máquinas de plantar, de colher, o soja, corriges os rios, derrubas as árvores, aterra as estradas de boiada, e o que tu queres? Vens com quilos por hectares, tantas gramas de adubo por semente, este tal de satélite, de aparelho... Mas, quando?

— Da fazenda velha, a mesma que o nosso pai foi criado, queres mesmo? A família mora aqui, pronde ela vai então?

Tu te lembras? Ainda me desandei pra São Paulo, pra estudar e, meus irmãos, não. O caçador, o Carlos, sabe ler e escrever, mais não quer, mais não carece, diz. Vive falando pra mim que Zé-dito o encantou. Que num consegue passar da cerca de divisa, senão vai se esquecer de tudo... E, como é que eu, euzinho, vou é desencantar este homenzarrão? Eu e que não! Diante das tuas máquinas, prefiro o meu irmão enredado no mundo do Zé--dito, de nosso vovô grande, dos encantados...

Tem parente nosso espalhado por aí, Goiás, Tocantins, Minas Gerais e até no Parazão. Dizem, tem gente nossa nas Alagoas. Romualdo, é este nosso sobrenome. Tu gostas? Pelo jeito, não, porque usas outros! Ah, da tua mãe? Deve ser de vergonha da gente, da tua origem, do nosso cafundózismo. Mesmo pai, mãe diferente, vergonha, né?

Pois, tu não tiveste dificuldade em ser aceito aqui. Ninguém não tem nada contra ti não. O que a gente faz aqui, isolado? Ara! Esta é a nossa vidinha, desembestando atrás de bagualo, desescrevendo o que tem pra desescrever... Boa a vida que só, de mexer com o gado, repassar a tropa, negociar mais os mascateiros, manter as visagens no seu eito escolhido, e nalguma distância, os paulistas, os gaúchos.

Tu te sentes como? Em que categoria? Paulista? Bem, pra falar a verdade, o que me faz desgostar de ti é que... Até agora tu não disseste uma única palavra interessante, diferente! Como vou acreditar em ti?

Pra governo de todos, teu, dos teus, dos nossos, dos meus, o que se falou aqui, que fique nas entrelinhas. Meio sem graça é o que se espera de todos, sem que se possa fugir ou, mesmo, protestar. O que se quer, o engastalhamento? Desejas a sensação de incômodo —, para que se possa seguir na vida sem o floreio, a descoberta? Mas, que as grandes dúvidas que nos permeiam, que seja, se nos mantenham, subindo em árvore, qualmente um caxinguelê.

O vigia audaz
(novela)

Ele não. Sempre o preferido. Ivan, *o Invencível*. Até nos encerrarem naquele *Infierno*, a convivência com Ivan oscilava entre o afeto e a violência. Nosso pai, creio que a última vez, e foi de relance, a sua pele rígida e enigmática, nunca o vira tão pálido. Esta é a imagem que guardo dele — reclinado ao ler com esforço, vi-o apenas de lado. Ouve-se um barulho, homens chegam de diversas partes. Logo depois ele sai para fora a atendê-los e jamais regressa.

Ivan, não estou certo se ele sabia que eu ainda estivesse vivo. Passamos juntos boa parte daquela história e, provavelmente, sofrera bem menos... Sempre teimoso, pouco se importava comigo. Raramente aceitava me acompanhar, reclamava a todo tempo que eu o *atrasava*. Preferiu se alistar no *mutirão*.

A pintura do novo monumento, só isto o despertava. Dormiu na praça, eu sei. Dizem que isto o deixou... Bem, foram algumas semanas, até que outros migrantes, adaptados e com trabalho, conseguiram lhe um bico e ele os acompanhou. Pela primeira vez acomodou-se em um endereço fixo. Ali permaneceu por anos, soube. Acho que uma pensão no Centro, junto à catedral.

Negou-se a aprender a Língua Portuguesa em sua profundura, as devidas excrescências, eloquências. Nem se ocupou a arremedar os comportamentos locais, a comer *a la brasileira*. Carioca? Jamais foi... Sempre o do contra, sempre, sempre, você precisa ver...

E a fraternidade foi a primeira coisa que refutou, e com tal veemência que não tive outra saída senão me afastar. Acompanhava-o a distância e ele, cada vez mais impaciente e cruel comigo, até que... Você sabe, eu me rendi!

Paisagens, queria modificá-las, criar as suas próprias instalações — *as geringonças* — adorava esta palavra, que mastigava com prazer, queria-as permanentes, visíveis para explicar o sempre. Repetia a frase do Thiago de Mello tantas vezes... Era um artista nato, ninguém questionava.

Por mais de duas décadas embrenhou-se nas sertanidades do Brasil, inteiramente dedicado a seu trabalho, evitando expor a sua arte, a participar de concursos, exibir-se em galerias e mostras de quaisquer naturezas.

Na década de..., ou seja, mais de vinte anos após nossa chegada... Bem, mudou da água pro vinho. Passei a notar — como era mencionado em colunas sociais, seções culturais de jornais e, até mesmo, as suas aparições na TV... Foi o prêmio, sim! O prêmio o alçou à categoria dos exóticos zangados, imprevisíveis. A grande barba, os cabelos loucos, as roupas sempre amarrotadas, o seu jeito estabanado... Pra mim, que o conheço mais que ninguém era encenação, puro teatro, um... Para promover a sua arte, claro!

De fato, este seu estilo o tornou alvo da curiosidade de colecionadores, jornalistas e damas da sociedade. Locupletavam-se em conversar com aquele amalucado, de fala embrulhada e até incompreensível, como ouvi mais de uma vez. Sabiam-no inofensivo, exploravam os seus defeitos, a sua inocência. Os colecionadores se deliciavam com a repercussão de sua obra, cifras. Quanto mais notícias sobre ele, mais a sua produção se valorizava.

Espertamente se aproveitava da imprensa preguiçosa, fabulava fatos sobre si, criava situações que seriam reproduzidas de um jornal a outro sem as verificações necessárias e que o faziam rir de deboche. Um escracho só. Aceitava responder a questões as mais estapafúrdias. As perguntas borbulhavam, muitas vezes sem nexo: — O que pensa sobre a vida? — ou: — Como imagina o fim do mundo?

O que sempre aparecia era algo do tipo: — Por que a decadência da arte europeia? E esta arte bruta, o que significa?

Enfim, um personagem disponível. Se foi a programas de auditório? Não sei. Bem, partindo dele... Não duvidaria... O personagem iconoclasta, o homem-natureza, o homem-das-cavernas, o questionamento do homem-cultura... A sua verborragia impressionava. Não a mim... Ele fazia o tipo *último combatente japonês, meio século depois da guerra, ainda lutando pela honra de seu exército derrotado, leal a um imperador tão distante*, um Dom Sebastião Brasileiro.

Ivan, o *Enfant Terrible*, e... E não o procurei mais. Não enxergava nele o meu irmão, aquele que deixei no Rio de Janeiro no fim da guerra. De fato, ele não me queria por perto. As tentativas que fiz... Infrutíferas. Eu me justifico porque creio que quero que saiba. No hospital, a não ser a surpresa de estar diante de um ser definhando, sofrendo, nada senti. O remorso, a pena, a saudade, estes sentimentos já se haviam dissipado. Ele estava profundamente incomodado, um azougue, desabrido. Demorei a perceber que era puramente racional.

Este encontro me provocou sensações contraditórias, cruentas. Fui projetado no vazio pela catapulta do tempo... Ao *Infierno* dos anos de proscrição, a guerra, a fuga, as perdas singulares e monstruosas. A família desaparecida, as referências estilhaçadas — fomos vencidos! —, um delirante jogo de dominó se sucedia. Ivan e eu, um animando o outro, espoliados, para que não chafurdássemos no caos, não nos tomassem como destroços, cobaias...

Saber línguas foi medular, agradeço a minha mãe pelo legado. As discussões sobre arte, filosofia, estas, sim, salvaram-nos do fuzilamento. Éramos utilizáveis como tradutores, registros exímios, atas intermináveis, mesmo na penumbra ele datilografava. Planilhas, longas listas. Nomes, nomes familiares, famílias inteiras. E a contrapropaganda, cartazes, avisos, que até hoje me despertam em noites lúgubres e inquietantes.

Ivan, imune a tudo, pouco se apercebia do tanto que a perversidade da escrita o assestava. Registrar os nomes, arrolar as reações aos testes... Cumpria ordens, desabafava... A morte não o comovia, não mais. Os feridos, seus lamúrios, menos ainda. Incólume pelos embates exasperados, sem buscar... Explicações.

Jamais aceitou discutir... Queria se liberar do que chamava de *imenso cenário*, que nos exigia mais esforços para prosseguir. Preferia explicar aquele momento como um *teatro de guerra*. Isto o fazia despertar, remedar gestos militares, encenar em meio à balbúrdia... E, por alguns instantes, o sofrimento se plangia em mais uma comédia.

Ivan não se via como ator e, sim, um técnico, o carpinteiro de cenário: — Sigo ordens! Montava e desmontava o teatro quantas vezes fosse mandado. Daí não conceber que a fortuna dos outros fosse problema seu.

Vez ou outra, segredava-me e a uns poucos, como foi um erro a sua prisão, o confinamento inexplicável, o quanto se exigia dele. Via-se como um dos que foram confundidos com os verdadeiros fugitivos, que entrara por engano naquele turbilhão e só fazia sobreviver... Nestas fases obscuras, em suas longas elucubrações sussurrava: — Até o próximo capítulo da história!

Se não superei este momento e são-me pesadelos, na feita que escapamos, não mais mencionou este período. O carpinteiro deixou o cenário, e passou a se interessar pela próxima obra, construindo palcos para sua nova etapa, vivendo deste ofício. Era-lhe um trabalho qualquer, erguia estruturas sobre o vazio.

Cheguei no quarto e ele tomava um caldo ralíssimo. A enfermeira Cláudia acompanhava o seu empenho para levar a mão esquerda até a boca. Sim, ele era canhoto, isto explica muita coisa, não é? Ela murmurava-lhe algumas palavras de carinho e estímulo e, com os olhos e a cabeça, acompanhava paciente seus movimentos. Ao me ver, deu um grito esganiçado, lançou a sopa longe com um gesto descomunal dos braços. Acorreram de todos os cantos. Enfermeiros, copeiros, um hospital parece ter sempre gente pronta a entrar em ação.

Max, Max, Max... e balançava a cabeça, a sua barba respingando a sopa, as mãos trêmulas estrilavam no ar, como a tamborilar imensos pandeiros. Aos poucos se acalmou, talvez porque lhe faltassem as forças. Quando me aproximei, fez sinal de que não deveria avançar. Como seguia agitado e cada vez mais insolente, arredei-me para a entrada do quarto. Esperei um comando, uma palavra. Em silêncio seus olhos brilhavam, impossível disfarçar as lágrimas. O impasse aparentou uma eternidade, ainda que durasse um ou dois minutos.

— O que aqui traz você? — resmungou, com esforço, num Português precário. E, a seguir, em alemão, visivelmente perturbado, reunindo as forças para expressar profunda raiva: — Me abandona! E, agora, que quer? Minha herança? Sou famoso? Doei tudo! Seu alemão antigo, enrustido, parecia engronado há cinquenta anos. Encerrou com sarcasmo, girando a cabeça para o outro lado, sem que pudesse analisar a sua fisionomia. Procurei imaginar seus olhos, gestos, esperando alguma reação, mas esta não veio. Eu também estava profundamente comovido. Eu me preparei tanto para este momento, mas a sua reação me desconcertou de tal maneira que nem me recordava o que ensaiara...

O que me surpreendeu foi o seu tom de voz, como se retomássemos um diálogo interrompido há meio século. Pelo jeito ele nem imaginava que eu estaria vivo. O sinhozinho das cavernas, o mister anti-tecnologia, que se fazia de desinteressado pelo homem-máquina, dificilmente... Você me entende?

Chico me afirmou e, por diversas vezes, que Ivan jamais se manifestara sobre a minha existência, nem sobre o nosso passado. O que Chico conhecia sobre a sua vinda da Europa era tão vago quanto as biografias chochas dos catálogos de exposições. Eu sabia — inventava pra não ser importunado. Chico só soube que éramos irmãos porque eu lhe contei.

Antes que eu deixasse o quarto e o visse pela última vez assim, ativo, ranzinza, postei-me do outro lado da cama. Novamente se enfureceu, bufando, exaurindo-se nas próprias lamentações. Derrotado pela ausência de forças físicas, resmungou em um Português límpido como jamais imaginara: — É isto maneira de me receber?

Respondi num sopapo só, em alemão: — Eu? Receber você? Você é que deveria me recepcionar! Estou aqui em visita, quantos anos mesmo? Para saber como você está...

Foi o único diálogo daquele dia, porque as lágrimas também me consumiram; os grandes tambores que se desprendiam do fundo do oceano e saltavam sobre a água, rufando e ribombando, clamando por uma música oca, indecifrável. Nem procurei me refazer, as emoções me jungiram. Ele se comoveu e me recebeu para um estranho abraço. Percebi a sua debilidade, um homem em seu fim. Como tremia! Não houve palavras, foi o primeiro momento de comunhão. A enfermeira Cláudia se afastou. Não entendi por quê. Daí em diante, não mais quis falar comigo. Fechou-se em copas. A enfermeira insistiu para que fosse embora, e me resignei. Retornei uma vez. Estava surpreendentemente apático!

Nos anos 1960 eu ainda cogitei visitá-lo. Ele recolhia terras, paus, pedras. Vi-o juntar ossos de animais com a mesma alegria que reunia galhos chamuscados. Acomodava-os em grandes cestos e os carregava em lombo de burro, como nos velhos tempos das cangalhas. O que procurava? A natureza transformada? Eu não sou bom nisto. Neste tipo de análise.

Na Serra da Bodoquena aquele rio calcificado o fascinava. Ali depositava bambus para resgatá-los anos depois, redesenhados pelo calcário. Aquelas borbulhas que se acumulavam petrificando os vegetais e os envolviam como cogumelos. Eu até comprei um sítio na região e pedi que o caseiro o procurasse. Convidasse-o a pesquisar por ali, fuçar as matas... Ivan jamais desconfiou que havia alguém por trás daquela atividade.

Anos depois, quando deixou aquele lugar, muitos de seus *tufos*, como os chamava, ficaram no mato. Eu tive um enorme trabalho e, confesso..., me deu imenso prazer resgatá-los, embalá-los e guardá-los no galpão que reunia suas obras... Um dia, quem sabe... Ele não poderia conceber a minha atitude!

Para ele, a obra de arte deveria se reintegrar à natureza depois de um período de exaustão, que pra ele era o de exposição ao público; à curiosidade, como queria, à profanação, à *especulación* humana.

Havia palavras sagradas a ele, e para estas buscava alguma referência ancestral em outra língua. Sempre um leitor de dicionários, escolhera memorizar estas palavras que poderiam ser compreendidas em muitas línguas. *Auto-de-fé* certamente a que mais empregava e que, com certeza, melhor o representava.

Uma pequena clareira, em que as árvores-mãe haviam sido derrubadas, ele as cobria com pedaços de ossos calcificados, aqueles que retirava dos rios, como se fosse recuperar, com os ossos, a ferida feita pelo homem. Rituais, ele os criava, os seus próprios *autos-de-fé*, como a se desculpar mesmo na posição de um observador.

Meticulosamente, selecionava as peças que gostaria de aproveitar. Devolvia as demais ao relento, ao *ostrakismós*, outro de seus mundos. Em certas ocasiões soube que os enterrou, todos os *tufos* que ainda mantinha em seu ateliê-cabana. Os colecionadores exasperavam-se com tais procedimentos, menos eu. Ele os ignorava, ainda bem, seguia na sua determinação de revelar apenas parte. Por conta de meus emissários, eu sabia onde ele os escondia e fiz de tudo para mantê-los assim, despistando colecionadores e seus asseclas. Como ele segredava, ninguém deveria *ressuscitar* seus *tufos*.

Os inúmeros telefonemas do caseiro, o Pedro Ramiro, informavam-me sobre as suas estadias. Ao longo de dias penetrava a Serra em jornadas até as franjas pantaneiras. No último telefonema ficou claro que ele partiria sem mais delongas. Pedro Ramiro comentou sobre algo que não compreendi, qualquer coisa como um bolicho, acho que... Um acerto de contas, não foi isto?

Em verdade, nunca soube. Deve ter sido algum desentendimento com um morador da região... Este foi, quase sempre, o motivo que o levava a desocupar abruptamente os lugares. Como de praxe, largava praticamente tudo.

Percebi que não se cansava dos lugares, apenas se enredava em complicadas relações com vizinhos, caçadores, madeireiros etc. Anos depois, Chico me confirmou. Foi mesmo um desentendimento com um vizinho, bem trivial, o suficiente para uma ameaça de morte. Ivan teria colocado seus *registros* na propriedade deste personagem, que os destruiu e furibundo o interpelou, armado.

Chico ainda não estava com ele, juntou-se à *caravana ivaniana* logo depois. Quando o assunto vinha à baila, Ivan resmungava sobre a altercação com o tal do Antônio Porteira, um tipo bruto, destemido. Antônio Porteira, receado em toda a Serra, mas, diante do doidivanas de meu irmão, nada fez, tomava-o como um pacóvio.

Melhor assim, poderia ter desaparecido em alguma grota, ser enterrado num rio e se convertido em mais uma escultura de calcário. Ou algo banal, como ser passado a faca, deixado ali mesmo, para se finar lentamente. Como teríamos acesso a sua intensa produção que aflorou depois da calcária estada na Bodoquena?

Um amigo seu, artista de Minas Gerais, Cassiano? Florivaldo? Fernando Dias? Nunca soube qual deles. Enfim, um de seu grupo o convencera a ir para as montanhas de Goiás. Região seca, mas de imensa beleza. Não me lembro o nome do rio. Bem, não importa.

O corrimento mineral da *cordillera*, como cunhava este seu pedaço da geografia, o seu interesse maior. Areias e terras coloridas. Porque o ocre, o alaranjado, as cores, as tonalidades vermelhas se derramavam, formavam veias abertas, expondo a *carne*, a *ferida*, o interior da terra gasta, voçorocas aterradoras e aberrantes. Quando o verde abria caminho, por algum musgo, ou galho caído de uma ipeninga das redondezas, o contraste se tornava ainda maior.

Foi ali que Ivan conheceu a cor que, indisciplinadamente, combinava sem critério. Nunca entendi seus renques de cores, como dizia. Pra quem estudou a teoria das cores..., mas ele fez imenso sucesso, e não queriam apenas as suas cores, queriam a o que dizia — *la fúria tinturesca*. As suas cores eram estilhaços impetuosos, isto sim! Eu bem o sabia.

Até então, a meu ver, a sua obra se mostrava triste. Bobagem minha, eu queria teorizar, explicar a sua condição! Meu velho costume, que sempre o irritava. Eu gostava do branco, do vermelho, do contraste. O preto nunca me convenceu. Talvez por sua associação com a morte, bem, pura convenção. Quando ele encontrou o azul e o verde, e na medida que suas misturas se tornaram mais sutis... Admito que passei a gostar de tudo aquilo. Sim, confortavam-me as suas combinações.

O crítico de arte, o que mais respeito, Balduíno Ferreira, era da mesma opinião, o que me alentava, em parte. Talvez até me convencessem que a sua *monocor*, outro de seus conceitos que tentei teorizar, apresentasse algum sentido. A mim, do ponto de vista do colecionador isto nada representava, porque acumulava cifrões e não obras de arte. Não vi diferença entre os valores que se praticavam em suas obras coloridas e aquelas em *monocor*.

A partir daí a sua obra adquiriu uma soberania prodigiosa. Eu o vi avultar a sua capacidade de se indignar. Ivan nunca se explicou. Nem sei ao certo quando passei a me interessar por sua arte e não meramente pelo lucro. Se alguma contribuição de minha parte houve, além de me prestar a comprador assíduo e oculto, recorrendo a outros para adquirir os seus *trípticos, montes, tufos* e as telas, ah, as grandes telas manchadas de ódio à guerra, foi ao couraçá-lo para que não o perturbassem. Ele jamais se aprestou de meus movimentos. Créditos *per a mi*! Fio-me que se olvidara de minha existência. Nada denotava que pensasse em mim.

Trabalhava efusivamente. Por vezes, admirei-o pelos binóculos. Até um telescópio adquiri, um dos melhores. Nada prático, pesado, o tripé, as caixas para proteger as lentes e com alças incômodas. Era preciso que alguém me acompanhasse para carregar as traquitanas. Foi divertido, sim este processo de espia, eu era jovem, e isto tudo era delicioso, longas caminhadas, pernoites no mato...

Sucede que, em pouco tempo, esta brincadeira de acompanhá-lo perdeu a sua graça. Para quem não se enfronhava naquele seu momento criativo, cocá-lo era algo maçante. Depois de quatro ou cinco incursões pelas *cordilleras* vermelhas eu não retornei mais ao posto de vigilante. Conformei-me em contratar para dele ter notícias. Relatórios, breves vídeos...

Aquele ser franzino que descera do navio comigo não mais existia. Seus périplos o tornaram um homem muito forte, capaz de carregar um buriti com dezenas de quilos no ombro, como praticam os Krahô na corrida de tora.

O que me preocupava era seu arrivismo ambientalista. As encrencas em que se metia para defender uma única árvore que fosse. Tornava-se um ser incontrolável. Onde permanecia criava animosidades, perigosos inimigos. De um tudo fazia para atazanar a vida dos madeireiros, carvoeiros, caçadores profissionais e *gente desta laia*, como bradava em lugares públicos. Eu até respirava aliviado, porque poucos compreendiam o que ele dizia. Sabiam que Ivan esbravejava com tudo e todos, mas os termos difíceis, mesmo em português, evitavam que a sua mensagem fosse claramente captada. Por sorte, tratavam-no como um mentecapto. Um louco manso...

Vez ou outra, enviava olheiros para contarem-me de seu paradeiro. Admito que me divertia imenso com esta atividade. Algo diferente de ganhar dinheiro com a nova empresa de minério, por acaso, promovendo imensas cavas, removendo florestas e deixando crateras, ali, bem perto de Ivan. Pura coincidência? Na Bodoquena minerei mármore e calcário; em Goiás, o ferro, um tipo muito especial. Ele não percebeu.

Tive sorte. O preço dos minérios se tornou tão atraente, que aquele sítio que comprei para alugar a ele em sua estada na *cordillera* se transformou em uma próspera mina. Coincidentemente, não retornou à *cordillera*. Seria um desastre, afinal aquele cerro desaparecera. As máquinas de engolir minério, as esteiras modernas, isto sim, encantavam-me. Trabalhavam dia e noite e, logo, juntava todo o dinheiro do mundo para comprar as suas obras e de outros artistas para o meu novo projeto, um museu — o Museu do Brasil —, como eu o chamava, ou talvez Museu Brasil, Brasil Museu, ainda não estava decidido.

Poucos sabem, dei jeito de convidá-lo pro Pantanal, pras florestas secas de Mato Grosso, o belíssimo Guaporé, o Rio Machado, onde estivera o grande Castro Faria e aquele francês que engambelou Mário de Andrade, o Lévi-Strauss e sua frase ridícula — *odeio as viagens e os exploradores*. Não me arrependo, nem de levá-lo a *descobrir* o Rio Perdido. Sem saber, seguia os passos da expedição Rondon-Roosevelt...

Minha teoria: paisagens novas o tornariam melhor. Outras árvores, outros cipós, novas sementes, o uso da madeira, as canoas talhadas... Ele era fascinado por remos, igaras de um pau só, cavadas a enxó. Com isto delirava de alegria. Vi-o dançando uma vez, sozinho na mata quando descobrira uma destas, justo aquela que deixei de *isca* para que ele se interessasse pelo Rio Machado e conhecesse aquela grande Nação Ikolen, que fala o Tupi-Mondé.

O que mais me faz rir é como todo este alvoroço jamais foi percebido. Não se mostrou desconfiado uma única vez. Certamente, devido seu caráter, de quem enxerga bondade por todo lado, sem malícia. Nem minha companheira mais longeva, Alice, que eu chamava carinhosamente de Aliocha, notou o quanto me esforçava para estar próximo dele.

Eu considero — este aproximar-me e depois despistar — como uma de minhas mais intrépidas façanhas. Depois que deixei Teca, as pessoas próximas jamais souberam que havia um irmão. Aliocha foi a outra que acompanhou, em parte e, igualmente, nada revelou. Resolvi não contar, não valia o risco. Os únicos com quem compartilhava o meu modo de manejar a vida de Ivan eram dois funcionários de confiança, regiamente pagos para se manterem calados. Nunca mais que dois, e eu mantinha registros minuciosos...

O que importava é como meu irmão mudava perante uma nova paisagem, como estas o afetavam e a sua obra, os novos materiais, os métodos que experimentava. Eu o observei bem. Para mim, ele se renovou a cada região. Computo este meu ato, que de modo algum poderá ser interpretado como crime e, sim, um desejo fraternal de protegê-lo, como uma oferta para o desafiar, em prol da nova arte.

De certa maneira, supunha, ao levá-lo pela mão, conduzia a sua obra e, digamos, até mesmo, a sua vida. Hoje até aceito que foi algo um tanto esquisito. Como sempre, persisti, me dava prazer. Acho que já disse isto mil vezes! Se ele me descobrisse, diria que foi por amor. Uma única vez tive que explicar meus atos a Teca, e este questionamento não prosperou...

A verdade é que não poderia compartilhar esta minha esdrúxula e extravagante iniciativa. Guardei pacientemente este segredo, foram cinco décadas. Mesmo depois de sua morte eu conjecturei se deveria confidenciar. Até agora, além de você, ninguém conhece a história. A mão invisível por trás do artista.

O que me levou a narrar isto agora? Diria, para simplificar, o temor de que eu morresse e a vida e obra de Ivan fossem incompreendidas, o ostracismo. Dificilmente conceberiam minha coleção, o museu, a fissura perante a obra de Ivan se não revelasse a motivação principal. As cifras não me preocupavam mais. Afligia-me que o considerassem um boneco sendo manejado por um irmão capitalista, excêntrico, ausente... Hoje percebo que o meu *movimento fraternal*, como gostava de me referir a quem fazia o trabalho de campo, deu algum resultado. Tenho certeza que valorizou a sua obra, o preço das peças que arrematei o mantinha em alta. Considero-me como seu mentor, desconhecido de seu pupilo... Confio que isto lhe tenha dado um estofo, trouxe-lhe diversidade, abriu-lhe caminhos, manteve-o. Muita pretensão a minha? Uma obra de permanente ebulição, uma provocação atrás da outra. Não eram escândalos, era, digamos, *performance art*, pura arte, arte pura.

Ao sair do hospital estas questões se embaralharam. Eu estava confuso. O que eu efetivamente almejava? O que eu ganhava como ser humano? Como o seu parente? De fato, pelas minhas invisíveis mãos ele chegou à Grande Chapada, às catedrais de arenito, aos Baixios da Valonga. Talvez Ivan, como viajante de longas jornadas, terminasse por conhecer aquele vale monumental, o rio de águas cristalinas ladeado de florestas secas, a vegetação xeromórfica galgando as pedras, o pequeno porte dos troncos, o seu retorcimento atroz e a busca pela água em raízes lançadas ao abismo e ao infinito. Quem sabe, ali Ivan decidisse passar um tempo? Mas eu não o deixei, eu me imiscuí em sua história, dirigi seu próximo interesse e depois o outro, o que o seguiu... E, daí por diante, décadas a eito. Monotonamente, acertando cada um dos passos que ambicionava que ele... Bem...

Ainda houve a estadia no litoral, não suportava um paradeiro único. Sempre a se mover, como se as ondas do mar o incomodassem. Dormia na praia, a facilidade em pescar, a troca com os artesões, os pescadores. Claro, ninguém o compreendia, mas o acolhiam. Seus modos simples, sua vida rústica. Eu vi, sua camionete foi a sua verdadeira casa. Afirmo que já sentia nojo de tamanha bagunça, mas ele se arranjava naquela carroça velha que, incrivelmente, funcionava.

De fato, foi no Rio Unaí que ficou boa parte do tempo. Aquietou-se, sua alma tormentosa parecia agradecida. Por mim, não escolheria este lugar, vixe! Seco demais. Detesto pedra, pedra, pedra, mandacaru, lagartos a dar com pau: — Terra de contrastes —, ridículo afirmar isto. Toda terra é de contrastes. Nada mais imbecil que afirmá-lo, os guias de turismo são pródigos nessa pieguice.

Porém, a vista dali era belíssima. Para o seu desvario foi oportuno e para as *minhas obras*, melhor! Este o único lugar que o vi acompanhado por um bom tempo. Uma moça jovem, a princípio me parecia quase menina, bem mais nova. Claramente europeia, depois confirmei. Fotógrafa, vinte e cinco ou vinte e seis. Alguém que... Uma matéria sobre sua arte e se encantou mais pelo personagem, imaginem! Não sei quanto ficou, meses? Ninguém se preocupara com ele antes. Eu sabia que não daria certo, sua irascibilidade insuportável, seu iracundismo tenebroso. Sim, ela não deve ter tolerado as suas idiossincrasias, mesmo diante da estrondosa genialidade.

Também confesso que manobrei o preço das obras. Fui um comprador assíduo, talvez mais que necessário comparecia e, pronto, comprado! O que seria *necessário* para formar a tal sonhada coleção? Sempre paguei bem, não negociava. Quando conseguia definir uma quantia a meu emissário, este pagava pelo teto e não pelo que o artista solicitava. Funcionava melhor que a intervenção de um *marchand*. Sinceramente, um mercador tem lá as suas funções, mas no gênero de negociação em que me envolvia não havia lugar para alguém assim, deste naipe. Meu emissário o buscava em seu atelier, com as obras prontas para embalar, apertado de dinheiro... Bem, você sabe, conhecia-o...

Evitava selecionar alguém com pretensões a *connoisseur*. Pelo contrário, optava por *nouveaux riches*, colecionadores hipotéticos, em busca de obras *de valor*. Estes fulanos e... Buscava neles alguma destreza em negociar e, evidentemente, que não fossem néscios, excessivamente rebuscados. Deu certo! Sempre voltavam com algo, ainda que não exatamente o que selecionara.

Um deles, Marcelo, tornou-se amigo de Ivan, poupava-me descobrir o seu paradeiro. O próprio Ivan, que gostava dele, avisava-o quando havia obras, nomeadamente quando necessitava de dinheiro. Mas Marcelo se cansou desta vida, casou-se com uma pernambucana e pediu para que eu não mais o convocasse. Continuou se encontrando com Ivan, agora como seu amigo e de casamento ganhou aquela figura que sempre cobicei. Achei justo, bem justo e estava bem guardada em suas mãos. Ele foi sempre correto e Ivan jamais se apercebeu. Perdi contato com Marcelo, é uma pessoa que tenho em grande conta, sou-lhe imensamente grato.

É verdade, ele era um mão-aberta. Ou melhor, não poupava e são coisas bem distintas. O que tinha, gastava. Mesmo nos períodos absurdos em que *nacionalizaram* a *minha* indústria, que já era *nacional*, e já tinha o banco do governo como sócio em mesmo grau que eu, mantive esta política fraterna e lograva financiá-lo. O interventor confiscou todos os negócios rentáveis para distribuir ao partido. Havia um sobrinho dele, sócio do desembargador... Depois, o governo não conseguiu tocar a companhia, muitos primos, apadrinhados políticos. Estes, os que ocuparam nosso lugar, parente do general, continuam por aí, lautamente aposentados, as mansões em Miami, os carrões, com salário de ministro, lampeiros e livres de suspeita e da prisão. As filhas desta gente são sempre solteiras, não se casam, no papel não, ganham pensões tão gordas como a dos pais... Sim, retomei a empresa, o governo perdendo dinheiro, o banco estatal optou por me reconduzir, ter-me como sócio era mais seguro.

Não consegui acompanhar todos, ele aceitava participar de eventos que, a meu ver, o depreciavam. Eu era bem mais seletivo. Queria dizer-lhe que não assentisse para estar em eventos menores, mas como faria? Claro que sim. Adquiria-as no primeiro dia e, quando lograva, mais de uma obra. As mais bonitas? Não sei, quando havia catálogo era mais simples recomendar ao comprador. Talvez o critério fosse o de quais me moviam, provocavam sentimentos fraternais.

Quando havia tempo antes da montagem, meus enviados me mandavam imagens da exposição. Passavam-se por jornalistas. Um deles, o Edgar, o que ficou mais tempo, também conseguiu se aproximar de Ivan. Chegou a visitá-lo em sua casa. A sensação que ficava é que eu mesmo estava ali, escolhendo as obras. Edgar me contava detalhes. Ele era minucioso, anotava em sua caderneta o que Ivan lhe narrava. Também adquiriu a capacidade de descrever as obras de arte, as dimensões, as técnicas, detalhes que interessam a colecionadores, críticos, ao nosso mundo, você me entende?

Depois, em casa, eu imprimia as fotografias, ampliando-as como podia, dispunha-as no chão e as admirava por longo tempo. Pequenos filmes, adorava revê-los! Procurava pistas sobre seus sentimentos.

Sim, é verdade! Lembro-me de uma retrospectiva em Lisboa, no Museu Olissipo, imensos armazéns que se debruçavam sobre o Tejo — *Tejo, Tejo, meu Tejo, daqui partem rios de azulejo...* — aquele imenso painel, as pedras coletadas na mineração, eu as vi antes, e a sua assinatura. No momento em que se abriram os grandes portões típicos destes armazéns, aquela luz vermelha de fim de tarde rebateu nas esculturas.

Foi um êxtase, a lembrança da guerra me tomou de assalto. Aquela dor, parecia a granada que o fizera desfalecer. Fui eu que o carreguei para o acampamento, sem saber se ainda viveria. Velei-o por muitos dias. A memória? Sim, perdeu muita coisa, eu contei a ele diversas passagens de nossa infância. Em minha presença ele fazia questão de repeti-las, provavelmente para saber se, pelo menos, não perdera a capacidade de memorizá-las.

Em relação a passagens em que sofrera, preferia que eu não as relatasse e, em alguns casos, eu acho que ele deliberadamente as apagou. Um gesto denotava seu interesse — descia a cabeça junto ao braço esquerdo, que se elevava, como a escondê-la, e fazia caretas, gesticulando... Eu não deveria continuar.

Aquele armazém do Olissipo foi marcante para mim. Como ele já viajara para outro compromisso, eu pude ficar até o sol se esconder, viver aquele momento sem me preocupar com sua eventual aparição. Havia esculturas e um único quadro, imenso. O quadro era a própria explosão, deveria ter mais de três metros de cada lado, um quadrado. A poeira e o sentimento de ausência, como a catar os estilhaços que sobram da vida. Não consegui mais vê-lo e, decerto, um colecionador europeu ficou com ele. Procuro referências na internet, não as encontro. Busquei seus vendedores e, igualmente, nada sabem.

Sobre isto, preferi contar a mim mesmo uma história absurda, para me apaziguar — seguramente alguém mais poderoso, negociador de ouro, platina ou diamante o adquirira. Nós, os negociantes de ferro, somos muito pesados, brutos, atrasados... Talvez, esteja hoje na sala de jantar, ou atrás de uma mesa de escritório. Eu procurava antever, em que posição a obra se enquadraria. Em seu livro, aquele que apareceu depois que Chico o deixou, nem o quadro, nem o Chico são mencionados. Você tem notícias dele? Sim, do Chico. Claro, do quadro também?

Como disse, raramente havia um título. Ivan nunca se preocupava em explicar as técnicas nem a superfície em que a obra se assentava. Proibia a galeria de descrever a técnica ou estes *detalhes materiais*. Jamais aceitou uma biografia, a reprodução de textos de críticos, recortes de jornais em seus catálogos... Você me pergunta por que tudo isto? Bom, são quantos anos? Mais de cinquenta, e como disse, você é o primeiro a ouvir esta história. Espero que aceite esta minha insanidade. Os anos se passaram e minha habilidade de adivinhar os locais onde pretendia *minerar as suas ideias* — um conceito que só nós dois sabíamos utilizar — apurava-se.

No hospital tentei falar esta frase — *vamos minerar enquanto é tempo* — mas ela não saiu, ou se saiu, não me recordo, não reagiu. E, depois, aquele caos, e me esqueci deste conceito que partilhamos tantas vezes... Hoje até acredito que agi em favor dele, pois reuni uma coleção sem igual de um grande artista, principalmente porque escolhi este modo tão peculiar de negociação.

Ah, sim, havia um menino, dizia-se artista, copiava tudo. É como se recolhesse os restos de obras que ia deixando. Os incautos confundiam a obra de Ivan e a dele. Ivan ficava possesso, dizia mundos e fundos, nada fazia. Bem, com os *marchands* era diferente. Ouvi que ele não se dobrava a eles. Quantas vezes pesquei comentários sobre sua irredutibilidade e ranzinzice! Que mais? O museu sobre Ivan abrirá em breve. Mais que isto? Sim, claro, este suspense faz parte da obra. Eu fiz a curadoria. Arranjei as obras, uma forma sentimental. Não se trata de fases, escolas de arte, lugares em que viveu. É o que a vida nos reserva — as surpresas, as sensações, o revelado. É de sua alma que estou tratando, a sua história, a nossa história da fraternidade. Qual o crivo? O que entra? A reserva técnica? Bom, só uma visita para compreender. É uma triagem particular. Eu sempre o vi mais como o grande ideador, as ideias colossais, abrangentes, abraçando as *cordilleras* e as florestas, em fúria. Como disse, você é o primeiro a conhecer isto a partir de minha história, de minha curadoria, ou seja, de minha ilusão, do mundo que construí acompanhando-o de longe, como um vigia audaz. Você me entende?

Eu me esforcei para visitá-lo novamente. Dois dias depois, creio. Soube pela enfermeira, a quem eu alimentava com gorjetas gordas, que Ivan estava bem, falante e alegre. Será que a minha visita provocara esta súbita recuperação? Eu era muito orgulhoso. E ele me irritava profundamente. Mas a curiosidade, o que ele teria a me dizer foi o que me demoveu a sair do estado confortável de ausência e distância. Fui lá. Ríspido, eu entrei no quarto e gritei, ainda da porta. Parece-me que seus ouvidos estavam bastante comprometidos, aquela granada...

O que vim buscar é o seu diário. Eu afirmei, cravando meus olhos nos seus. Por que você pede isto agora? Respondeu, tão duro quanto eu, gritando no mesmo tom. Não estava claro se denegava ou se apenas reclamava o tempo que isto demorou a ocorrer.

Não surtou. Deixei que buscasse as palavras e o momento adequados a responder. Permaneci ali, sentado, por horas:

— Você sabe que eu anoto tudo! Você sempre quis o meu diário —, agora com precisão, as palavras em um Português castiço, dilacerando-me. Não se preocupava mais em disfarçar-se como um estrangeiro.

— Por que só agora você fala sem sotaque? Você sempre foi melhor que eu em aprender línguas. Por que demorou tanto a se expor? Não era você que se dizia brasileiro antes de tudo, que detestava quando o chamavam de europeu? As estocadas sempre o incomodavam. Será que a velhice o teria acalmado? Estaria pronto a se reconciliar comigo? Havia um ar de congraçamento em seu semblante. Dormiu. Quando percorri com os olhos o quarto, vi uma coleção de cadernos de capa azul no armário. Havia, ainda, roupas, um rádio de pilha, um bloco de desenho. Poucas páginas de rabiscos... Eu me dirigi à estante. Não havia enfermeiras por perto. Decidi pegá-los, sem avaliar sobre o que se tratava. Deixei o quarto, o hospital. Repassei mentalmente a nossa conversa, as suas reações. Não, não abri os cadernos. Eu tinha certeza que se tratava de seus diários.

No dia seguinte, cheguei cedo. Sentia-me leve, um grande dilema parecia desencilhado de minha consciência. Não havia clareza como me acolheria, se percebera o sumiço dos diários. Não sabia dizer se ele pediria desculpas, ou se era eu que o deveria fazer.

Assim que cheguei ao terceiro andar, observei a porta aberta do quarto, muita luz vinda da janela, bastante diferente da penumbra na qual o homem-das-cavernas se escondia. Arrepiei-me todo ao compreender que seu quarto estava vazio. Um cheiro forte de produtos de limpeza poderosos. A janela escancarada.

Ivan, *o Invencível*, se fora durante a noite. Imediatamente me senti culpado, açodado de pensamentos confusos, seria pelo extravio dos diários, ou pelas emoções deste nosso novo encontro? Nossa conversa, interrompida por cinquenta anos, chegava a um fim abrupto. O que ficou? Ah, sim, um sentimento de culpa, de quem chega tarde. Não deixei o hospital imediatamente. Não era tristeza, era algo maior, como a cobrar-me uma posição, um manifesto, tomar decisões, distribuir tarefas... Nem tentei implicá-lo nesta culpa, será que ele decidira morrer? Seria bastante fácil dizer que era ele que não me queria.

Desci as escadas e na cafeteria você estava. Você me contou o que sabia da internação e como achava estranho que ele o tivesse chamado, depois de expulso de seu convívio. Ivan, *o sem-limites*, que não respeitava o outro, seu egoísmo atroz. Você me falou sobre os dez dias que ali esteve internado. Mara, sua última namorada, não foi mencionada, nem o caseiro, os cachorros, os vendedores. No fundo, ele os odiava, eu falei e você concordou. Talvez eles nem soubessem da internação.

Pelo que depreendi, você não conseguiu obter algo de relevante dele. Eu admiro você, sem ganância. Nada possui de valor dele, um desenho, uma obra, ou sequer um objeto artístico, nem mesmo uma carta, uma assinatura dele sobre algum papel. Você foi o mais honesto. Nada surrupiou, não tentou enganá-lo. Você preferiu colecionar as palavras de Ivan, as suas ideias... Isto é incrível! Você é o *invencível*!

Entendo, então isto parece mais importante a você, mais duradouro? E eu, posso perguntar lhe algo? Foi você quem plantou os diários de Ivan no quarto? Que os deixou lá para eu carregar? Outra coisa, você sabia que estivera ali? E tinha absoluta certeza que eu voltaria? Quem de nós dois era o verdadeiro vigia audaz?

© 2020, João Meirelles Filho

Todos os direitos desta edição reservados à
Laranja Original Editora e Produtora Ltda.

www.laranjaoriginal.com.br

Edição **Filipe Moreau**
Revisão **Jacob Lebensztayn**
Projeto gráfico **Arquivo · Hannah Uesugi e Pedro Botton**
Produção executiva **Gabriel Mayor**
Foto do autor **Paulo Santos Acervo H ©PS**

Dados Internacionais de Catalogação na Publicação (CIP)
(Câmara Brasileira do Livro, SP, Brasil)

Meirelles Filho, João

Aboio: Oito contos e uma novela / João Meirelles Filho. São Paulo: Laranja Original, 2020.

ISBN 978-85-92875-70-1

1. Contos brasileiros   I. Título.

20-32756   CDD-B869.3

Índices para catálogo sistemático:
1. Contos: Literatura brasileira B869.3

Iolanda Rodrigues Biode – Bibliotecária – CRB 8/10014

Fonte **Tiempos**
Papel **Pólen Bold 90 g/m²**
Impressão **Gráfica Eskenazi**
Tiragem **500**